Ilse Seemann

Äkschen bein Stadtteilfest

25 Geschichten missingsch

Hansa Verlag

Umschlagfoto: Günter Haese

CIP-Kurztitelaufnahme der Deutschen Bibliothek

Seemann, Ilse:
Äkschen bein Stadtteilfest : 25 Geschichten missingsch / Ilse Seemann. – Husum : Hansa Verlag, 1983.
ISBN 3-920421-43-4

Satz: Fotosatz Husum GmbH
Druck und Verarbeitung: Husum Druck- und Verlagsgesellschaft
Postfach 1480, D-2250 Husum
ISBN 3-920421-43-4

Opan sein Geboatstach

Also, wir ja gestern auf ein' Paaty bei Opan! 'hadde er Geboatstach! Wir ganze Familie, – hin nach Opan un Glückwünsche un Musik! War ein Gesuche auf'n Radio! Manoman!

Na! Herta hadde ja geschriem, nä?: „Gesechnete Wünsche, daß er noch recht lange bei uns bleiben möge un Gesundheit alles: von Deine Tochter Herta un alle andern Verwandten und Bekannte!"

Alle andern, ph! Weiß man doch, warum sie das geschriem hat! Bloß, weil sie Opan besorgn darf, nä? Naja, leicht hat sie das ja nich!

Hat so ein blöder Ohren-Aaz Opan eingeredet, er braucht ga kein Hörgerät, seine Kinder sollten man mal'n büschen deutlicher sprechen, un nu wir immerzu alles nochmal, un zweima' dreima' veama'! Büst du midde Gedanken schon bein Schlafengehen, büst du midde Wörter für Opan erst beie Morgentoledde. Is doch wah'!

Weiß der ga nich, der Ohren-Aaz, was der Hertan da eingebrockt hat. Un wennu sachst: „Opa, mußt ma'n büschen hinhörn", sacht er: „Ach, was ich hörn will, das hör ich schon un der Dokter hat gesacht, ihr sollt ma'n büschen lauter!" Das war gestern so laut, – ha'm die Nachba'n midden Besenstiel geklopp'.

Ach, un denn kam das wieder, daß sie Hertan vor's Brett, nä? Hadde sie wieder die olle Käaschtorte mit die Spuck-Steine gebaggen. Erich hadde schon' Wedde abgeschlossen (Flasche Sekt), daß das wieder losgehen sollte midde Käaschkäane suchen unnere Sofakissen. Letz'mal war einer vonne Steine in Irmchen ihre blonde Steck-Frisur, un die ganze angegackerte Meute auf ihr'n Dutt un ganze Pracht runner, Haarnadels, Loggen, alles, – 20 Mark Friseur Fongdang perdü!

Dies' Jah' nu meine weiße Bluse, war ich so stolz auf, – midden auffe rechte Brust ein großen roten Fleck. Nich, daß das nu gelangt hädde. Nee! Stößt Herta in ihre Aufgerechtheit Opan sein A'm an un denn in hohen Bogen die Kuchengabel mit die ganze fahrlässige Schlachsahne noch auf mein' linken Balkong! Die schallend gelach!! Ich nich. –

Karlheinz, nä?, der hadde das gut, is Diabetiker! Saß da stille in seine Egge mit sein' Knägge un Appel un Joghurt, hadde das ga nich gemäak', daß auch noch die ganze volle Kaffekanne über den schön'n Budderkuchen rüber is. Un Erikan ihr'n Lüdder hat wohl gedach', bei die Erwachsenen, da fliecht das ganze Essen un Trinken immer so doache Luft un wollde er auch, hadde er sein' Becher Kakao auch noch über'n Budderkuchen hinnerher. Un Opa hat gesach', so'n schön' weichen Budderkuchen hadde er noch nie und soll Herta ma bald ma wieder ein' baggen!

Äkschen bein Stadtteilfest

Manchma' rechnet ein'n das ganz schön in sein Gemüt, nä? Karlheinz un' ich, nä? wollten wir letzten Sonntach ma' bei Opan un' Hertan un' die junge Leute vorbeifah'n. Kannst ruhich unangemellet, sie muß ja immer in'n Haus sein, Herta, wegen Opa un' den Lüdden von ihre Tochter Erika! Naja, die junge Leute ha'm ja Wochenende immer was vor, un' denn alles auf Hertan ihrn Puggel auf, nä? Also Herta, kanns' immer komm'. Na, diesma' zu'n Kaffe war die junge Familie auch anwesend. Erika, Reinhard un' der Lüdde von drei Jahr isser nu'. Das kam, weil bei Herta inne Wohngegend Stadtteilfest war! Reinhard hadde gesacht: „Ma' endlich ma' was los, ma' richtige ‚Äkschen', nä?" Un' die junge Leute mit ihr'n Lüdden ab nach unten, war ja der fröhliche Läam schon midden inne Gange.

Zwei Stunnen späder (Herta un' ich schon inne Küche Ahmbrod machen), hör'n wir schon ein Läam auffe Trebbe: das junge Paar sich inne Wolle, bloß weil der Lüdde sein Gesich' nich' mit Farbe beschmiern wollde! Ja!! Erika hadde doch von ihr'n Frau'ninnizatiefe in'n Kinnerkaufmannsla'n zu wissen gekricht, daß es zue gesunne Entwicklung vonne Kinner gehört, daß sich ein lüddes Kind immer or'ntlich von oben bis un'n mit Farbe beschmieren tut, sons' muß es später als Erwachsenen nach'n Püschiader.

Na, wie nu' der Lüdde von Erika auf'n Stadtteilfest da anne Farbtische nix vonne grüne un' lilane Farbe wissen wollte, sie – Erika – ja ihr'n Ehegadd'n vädonnert, daß er den Lüdden das vormach'n muß, weil der Vadder ja das Vorbild vonne Kinner is'! Wie der Lüdde nu' sein' grün' Vadder midde lilane Schmedderlinge auffe Stäane un' Bagg'n zu Gesicht gekricht, muß er wohl ganz laut: „Stadtteilfest – Nein danke" gesacht ham. Je'nfalls Erikan ihre ganze eingestöazte prukressiwe Erziehungsinnizatiefen den Bach 'runner! Un' der angeschmierte junge Vadder so laut schon in'n Trebbenhaus, dasse Nachbahn alles mitan', nä?, daß das von Erikan ihrn „Immanzenverein" kommt un' soll sie ma' lieber auf'n Haushaltsgeld besser aufpass'n, zu Hause alles doach'nanner, je'n Tach was Neues kaputt, kannst nie nich' was wiederfinnen, verdor'mne Le'msmiddel in Kühlschrank, bloß noch zwei Knöpfe anne Jagge un' er, Reinhard, kommt ganich hinnerher midden Geldverdien'! Sie aber nu' ihn in ihre helle Wut beschimpft, daß er ein Frau'nfeind is', daß sie alleine schon genuch' Abeit mi'n Lüdden hat, un' ob er sich nich' schäm' tut, daß er sie nich ma' das Auto zu'n Einkaufen daläßt! Sie mit den Lüdden anne eine Seite, un' denn drei bis vier mal los nach'n Supermarkt un' die ganze Tüden, Taschen alles schlebben, Katoffeln, Eier, Meechtüdden, Waschtrommeln, Limo, Bierflaschen. Jawoll, das is' frau'nfeindlich, is' das, frau'nfeindlich! Un Reinhard in seine Frau'nfeindlichkeit noch den Faß die Krone ausgeschlagen. Er im Badezimmer die ganze grüne Farbe aus sein' Gesäch' in Erikan ihre saubere Han'tüchers geschmiert! Den Lüdden hadden sie dabei ganz vergessen in sein Herzeleid über sein' grün'n Gespenstervadder; hadde aber Herta ihrn Enkel geschnappt un' ihm schnell was Süßes in'n Mund gestoppt damit er nich' mehr schrei'n konnte. Macht sie immer. Hadde sie schon früher, als Erika noch so'n lüdden Pöks war. Darum muß Erika das mit'n Schrein' jetz' alles nachhol'n, un' das lern sie ihr inne Frau'ngrubbe. Reinhard, nä? Hab' ich gehofft, daß die junge Männer heutzutage büschen anners! Aber nee. Steht er wie ein Feldherr von frühere Zeiten auf'n Schlachtfeld un' sacht, daß er nu' anne Egge auf'n Bier un' kalte Bligge auf Erikan un' gedroht: „Un wenn du heude ahmt mit dein verdammtes Strickzeuch inne Egge sitzt un' maulst, denn betrachte ich das als männerfeindlich! Ich hoffe, wir ham uns verstann'! Klar?" „Ja, Reinhard, un' bidde komm' bald, komm' bidde nich' so spät!"

Einkaufen auf'n Supermarkt

Gibt ja viele, die meaken das ganich, warum die annern sie nich leiden könn', nä?

Also, ich gestern beim Einkaufen, nä?

Ersma, daß mir an'n Eingang von' Supermarkt die Junge von Nummer dreißig mit ihr'n alternativen Feudelmantel in ihre Unhöflichkeit den Einkaufswagen in'n Leib gestoßen hat, nä? keine Entschuldigung ganix, – denn auch noch an'n Fleischtresen, wollde mir doch die Verkäuferin die Fleischwoas' einfach nach meine höfliche Bidde nich in Scheiben schneiden!! Frach ich, warum nich, sacht sie ganz patzich: „Das machen wir nich!" Sach ich: „Wollen Sie wohl, daß ich zuhause digge Scheiben midde Hand und denn wird mehr von gegessen, is das genauso teuer als wie wenn ich gleich'n teure Woas' nehm un die in dünne Scheiben."

Wie mir da nu ma wieder richtich der ganze Konsumterror aufgestoßen is, kommt mir midden in meine Wut noch die Schmidt inne Möt. Die mit ihre Hiobsbotschaften: Weiß ich immer gleich, wer in Scheidung liecht, wer mit seine Familie auf'n Kriechsbeil zugange is, wem sie letz'e Woche beerdicht', wen seine Gören ma wieder Fensserscheim' midden Ball', wer mit sein' Krebs bloß noch paar Wochen nach hat, wer sich das Leben, un' ob ich inne Zeitung gelesen hab, wie ein Toter ganz alleine in seine Wohnung verschimmelt is, sechs Wochen und keiner was gemäak'. Hadde sie zufällich ma' Luft geholt, denn unsereiner ja mit letz'e Kraft ausgebüxt. Bin ich noch grade bis anne

Milchereiprodukte, steht da gegenüber beie Konserven noch so eine, wo ich immer graue Haare von kriech. Die wieder vonne Schule ihr Heazeleid: Vier Kinner – alle so kluch vonne Eltern, aber so'n Pech midde Lehrer. Aber, muß man ja auch sagen, nä?

Den lüdden Eberhard sein' Lehrerin, frisch vonne Unnität, un hat das immer richtig verbissen midde Motivatschon! Wollte sie ma' nache große Pause die Lüdden motivazi-ieren, daß sie wieder inne Klasse sollten. Die ha'm ihr was! – Is sie inne Kälte midde Kinner draußen, „weil es ihr nich gelungen is!" Muß man sich ja an'n Kopp fassen, was die da auffe orthopädische Hochschule die junge Studenten alles fürn Blödsinn lern! Ich nä, wenn mir einer gelassen hädde, paar hinten vor, soll's ma sehn, nä?, hädden sie Abitur schon inne Tasche!

Der große Unnerschied zwischen uns beide!

Karlheinz, nä?, – der muß immer alles in'n Düstern finnen! Un ich, – Karlheinzen seine Mausi –, ich will lieber alles in'n Hellen suchen! – un' das is der große Unnerschied zwischen uns beide!

Dieser Unnerschied is das nu, wo wir uns immer von inne Wolle kriegen.

Kann er ja gerne haben: inne Garage un in sein' Bastelkeller, dasser sich das Licht ausknipsen tut, wenn er seine ganze Bohrers un Schraumziehers bei finnen will! Is mir doch egal! –

Bloß, daß ich nich einsehn tu, warum ich in meine Küche den Flaschenaufmacher in mein' Kramfach nich bei helles Licht suchen darf!

Un' – wenn Karlheinz meckern tut: „Die Kaffesahne in dein' Kühlschrank hat ja schon wiedern annern Platz, steht ja statts zweites Fach Midde unnerstes Fach rechts!" – denn denk' ich, er will wohl, daß ich mir mit ihm anlegen tu. Denn geht das weiter, kannst auf ab: „Hör ma, Mausi, – die Kaffesahne muß man in'n Düstern finnen!"

Wenn ich denn antwort' –: „Brauchst doch ganich in Düstern! Wenn du Kühlschranktüre aufmachst, geht doch Licht an, kannst' doch nachsuchen, wo sie steht!", denn Karlheinz: „Verdammt nochmal, Mausi, willst das nich verstehn oder bistu zu blöd!"

Na, blöd, nä? Wenner mir so komm' tut, denn is der Ofen aber total aus, nä?

Denn dreh' ich mir um un raus bin ich! Kanner

sich alleine zanken! – Blöd schon, aber sooo blöd nu auch wieder nich!'

Aber, – rennt er hinnerher und erzählt mir was, daß das umme Prinziepjen geht, umme Ordnungsprinziepjen! Wenn ich das auch so machen würde als wie er, nä?, – hädde ich das doch leichter, wenn ich immer gleich alles inne Düsternis wiederfinne. Hädde ich Zeitersparnis von un kein Ärger un Fluchen!

Ich sach: „Fluchen un schlechte Wörter gebrauchen das machst du ja bloß mit dein ‚in Düstern finnen'. Ich sach' sowas nich wie du, ich such' ja in Ruhe un in' Hellen."

Aber, – ein Trost, nä? Manchmal isser ja doch ganz ungar von ab von seine Ordnungsprinziepjen, Karlheinz!

In unser Schlafzimmer, da läßt er das Licht an! Dabei . . . mir könnte er ja auch in'n Düstern wiederfinnen.

Camping

Wenn Karlheinz sacht: ,,Mausilein", nä?, denn is' da bestimmt was inne Gange, weiß ich, was die Glogge geschlagen hat!

,,Mausilein", hat er gestern rumgeredet in sein' heißen Brei, ,,wir müssen langsam paggen für'n Camping an' Ostern, nä?". Mit ,,wir müssen" hat er natürlich gemeint, *ich* muß, kenn' ich ja schon! Also, wenn ich wie unse' Carmen wär, nä?, denn ich gesach': ,,Hab' ich dies Jahr überhaupt kein' Bock auf'!" Darf ich ganich an denken – letztes Jahr!! . . . Was ich da alles auf'n Zeddel hadde! . . .! Teekessel, Bratpfanne, großer Topf, kleiner Topf, Kaffe-Geschäa, Eßgeschäa, Gläser, Bestegge, Rührkelle, Quäal, Eimer, Feudel, Handeule! Na, Bedden alleine, Bezüge, Han'tüchers, Zeuch alles, – mach ich ganich mehr aufzählen.

Klar, daß ich das alles alleine eingepackt hab', nä? Karlheinz is' ja, wie das nach Arbeit gerochen hadde, plötzlich rüber im Vereinslokal, mußte ja unbedingt nach'n Rechten seh'n, geht ja sonst nich' klar ohne ihm, nä? Un' Carmen? . . .?? Hadde sie das mi'm Mal sooo eilich midde Englischvokabeln!

Bis wir denn annerntachs Klock zwölf endlich von zuhause los . . . also . . . in ein Äanhaus könn' die sich nich' mehr anschrein! – Un' denn unse' Carmen auch noch: ,,Fahrt doch alleine mit euer' blöden Wohnwagen!" Na, Karlheinz vieleich' auf achzich un' ich gebeddelt un' gefleht: ,,Carmenchen bidde, bidde, wir ham uns doch so gefreut!" Sie geschrien: ,,Wenn ihr das freuen nennt, denn möcht' ich erst ma' seh'n, wenn ihr euch ärgert!" . . . Nu aber Karlheinz sein Blitz- und Donnergesicht aufgesetzt un' gebrüllt: „Sei nich so frech! Wer wollte denn ab 1. Mai zehn Mark mehr Taschengeld, hä? – un' wer wollte denn nach'n Reitunnerricht?" Das ja nu' gewäakt, nä? Carmen gleich: „Is' ja gut, is' ja gut, komm' ja schon mit!" – Na, – Autostau bei Ratekau kenn' sie ja, brauch ich keine Wöater mehr über verlier'n, aber . . . wie wir denn so auf'n Ahmd Klock sechs so auf'n Platz, . . . unse' Wohnwagennachbarn schon auf uns gewartet. Hadden sie Stiefmütterchen gepflanzt, klein' Zaun 'rundum, Wäsche alles schon auffe Leine un' Karlheinz freundlich eingewunken, Stützen 'runnergekoabelt, geholfen, alles . . ., wollten sie gleich mal ankuggen, was für eine annere Farbe wir gewählt hädden für unse' neue Polsterbezüge, nä? Wir denn Türe auf von unsen' lüdden Häuschen in' Grünen, ich ein Entsetzenschrei: „Zugger, – Zugger – überall Zugger!" War vonne Schuckelei bei'n Fahr'n mein schön' Kilo Zugger aus'n Küchenschapp 'runner auffe Erde, unse' Polstern, Bedden, Schlafzeuch – alles bis inne kleinste Ritzen! Ham' Sie schoma' auf Zuggerköaners geschlafen? Dagegen is' Knägge-Krümel die reinste Daunenfeder aus beste Natur-Ente!

Ich kriech schon das Ziddern, was dies' Jahr alles wieder los is'! Aber Karlheinz sacht, auf Arbeit die Kollegen ham schon gefracht, ob er Ostern wieder mid'n Wohnwagen. Konnt' er ja auch schlecht nein sagen, nä? Hadder ja recht! Die über uns wohn' ham' auch schon gefracht! – Na, macht nix! Bei'n

Aaz' bin ich schon angemeldet für nache' Feiertage, daß ich mir wieder paar Spritzen hol' gegenere Ischasschmäazen! – un' noch Schmäazmiddel für mein Rheuma inne Oberarme! Weiß ich doch, daß das wieder losgeht bein Camping, nä?

Aber – – für annere soll 'as ja gesund sein, mal Kaltwasserwaschen inne' eisige Gemeinschaftssanitätsräume, wo das immer so frisch nach'n Zahnpaster riechen tut un' alles! Un wenn das rechnen tut hat man sein' schön' Fernseh'! Am meisten bin ich ja stolz auf meine neue Häkelarbeit! –: Aus rosane Babywolle ein Mützchen füre' Klo-Rolle hinten an'n Autofenster! – Naja, ham' sie ja alle, nä? Kann unse'einer auch nich' zurücksteh'n. Kann ruhich jederein seh'n: Wir sind auf alle dringende Nötigkeiten vorbereitet!

Gaatenfreunde

Unse Nachbarn, Rohdes Erich un Irmchen, die sind letztes Jah' übergelaufen vonne Campers nache Gaatenfreunde. Weil . . ., Erich hadde das bis o'm! Jedes Wochenende anne Ossee Schtop-end-goh, nä?, ganze Benzinpreise alles. Lieber wollte er gleich je'n Tach nache A'beit ganich ers rein inne Ziddy sonnern raus auffe Scholle. Er kommt ja echt gut kla midde Schrebers, Erich! Un Irmchen sacht, wenner sich anstreng' tut un immer anne Vereinssitzungen teilnimmt, denn kanner nächses Jah' schon Koppelwart wer'n. Koppelwart, hat uns Irmchen verklaa't, Koppelwart is der Aufpasser beie Schrebers, daß sie kein Läam machen, alles sauber un or'nlich, nich ausse Reihe tanzen, genau ein Driddel Zierde anbaun, ein Driddel Gemüse un ein Driddel Obs', un nich etwa wildes Gras un Unkraut wachsen lassen! „Jaha, hier bei uns heascht Or'nung", sacht Erich, – „was'er Vorstand bestimmt, das wäad gemach', bassa!" Irmchen macht ja auch alles mit, was Erich will, nä? Bloß – midde Schemie ham sie sich andauernd inne Wolle! Weil, – Irmchen is ja total für Bio, nä?, aber Erich sacht, büschen Schemie muß, er will seine Ernte nich midde Wöamers teiln! Un, denn hadder so echt staake Sprüche drauf, Erich, nä? Sacht er zun Beispiel: „Unser Bäanbaum is außerorntlich wohlschmeggend." – oder –: „Wir Schrebers sind ein häalicher Bestandteil des öffentlichen Grüns!" – Ja, nu hadden sie uns eingela'n letz'es Wochenenne zun „Abend-Essen", Karlheinz un mir un unse Tochter Carmen, warm Essen, weil, Irmchen wollte wohl welche von ihre viele eingeweckte grüne Bohn' an uns verfüddern un Köabiskompott un Rhabarber! Kommt doch nu schon bald der neue Rhabarber un Irmchen hadde schon an Weihnachen gesach', daß sie gegen das Eingemachte schon ganich mehr gegenan kommt. Hadde sie mir sechs Gläser selbs'gekochte Johannisbeermarmelade geschenk', wo wir doch ga keine essen, besonners Karlheinz un Carmen nich, un wechwerfen tut man sowas ja auch nich, nä? Bloß, daß die Marmelade nu in unse Speisekammer steht un nich mehr in Irmchen ihre! – Erich, nä?, hadder in seine Rede uns aufgefordert, wir solln man auch umsaddeln von Wohnwagen auf Typenlaube beie Gaatenfreunde! Un unse Carmen, die würden sie beie Schreberjugend auch gut betreu'n mit Sexual un Drogen, wo sie alles über diskutiern. – Nach'n Rhabarberkompott hat unse Carmen denn gesacht, daß sie das nich gut zuwege is un sie will man schon lieber nach Hause im Bett. Karlheinz hadde das ganich mitgekrich', weil er von Erichen sein selbsgemachten Johannisbeerwein ganz schön angeschossen wa', nä? – Na, wie wir denn beide Middernach' nache biologische Erntevernichtungspaaty endlich auch an Rohdes ihre Haustüre zun Aufbruch, sacht Irmchen mit ein ganz geheimnisvolles Gesicht: „Mausi, ich hab noch ein' Überraschung für euch! Aber nix Erichen sagen, das muß unser Geheimnis bleiben!" – Wie ich sie das midden Geheimnis geschworn, kuck ich inne Tasche, die sie mir schnell übern Arm gehängt . . . un . . . sechs Gläser Johannisbeermarmelade drinne! – Naja, freuen sich die annern sechs Gläser inne Speisekammer, sind sie nich mehr so alleine, nä?

Feiern inne Fäama!
(sacht Karlheinz . . .)

Karlheinz, also, was mein Mann is, nä?, arbeit' ja in ein' großen Betrieb als Betriebshandwerkermeister: Inne Featigung, Lager, Expeditschon, Büros, alles! – un – immerzu muß er sie was heil machen! Kommt er ja viel rum, nä? Is er auch fix mit zufrieden, sacht Karlheinz, wenn das bloß nich immerzu midde Geboatstachsfeiern alles wär, nä?

Man kricht direkt ein Schlach vor Überraschung, wenn da ma inne Büros ma keine Tellers midde Rundstücke-Krümels und Kuchen, Buddels, dreggige Gläsers alles ma' nich inne Gegend rumstehn! Inne meiste Fälle ham sie ihm bei seine Reperaturn fix genöticht, daß er ma orntlich zulang' sollte, weil –, sie mein' immer, sie müßten so ein' arm Arbeiter'n lüttjen Almosen von ihre Bürotische zuteiln, und daß Karlheinz annerwegens 'ä Klabbe hält, daß die da schon wieder bei'n Fressen und Saufen sind, nä? Aber, sacht Karlheinz, das kümmert ihn genauso wie Dreck unnern Fingernagel. Früher, da konnte er das midde Sauferei harte Sachen alles un Bier ganz gut ab (hätt ich ihm manchma' an liebsten ganich reingelassen mit sein' dunen Kopp), – un sein' Kollegen hadden sie schon einma' Führerschein „Fongdang perdüh". Aber, wo er das nu midden Zugger hat un sie lassen ihm immer noch nich in Ruhe, hat er sich von Aaz' Bescheinigung, daß er das nich da'f. Sacht er: „Sach ich ganix, wenn sie immer wieder nötigen, haltich sie bloß mein 'Schulligungszeddel hin un mach meine A'beit, nä?

Ers sabbeln sie noch: sei kein Frosch, Karlheinz, alles, aber denn: Laß ihm man, wer nich will, der hat schon!“

Meiste Fälle sacht Karlheinz, sind sie auch schon so blau, daß sie zu tun haben, daß sie sich senkrecht halten bis nache Toledde. Vor drei Tage, nä?, is die Chef-Sekretärin vonne Expeditschon vonne Toledde wieder zurück, hadde sie sich von o'm bis unnen naßgespritzt mit ihr schönes Reinseidenes un wie sie sich rumgedreht, die ganze Meute gebrüllt vor Lachen! Sacht Karlheinz, hadde die sich das Kleid achtern inne Büx reingesteckt! War sie auf ein Schlach wieder nüchtern und frühzeitich Büroschluß gemach'. Türe zugeknallt un nächsen Tach hadde sie sich krank gemellet, nä? Soll das ein forchbarn Krach mi'n Chef gege'm ha'm. Hat sie wohl, – sachtman, – sacht Karlheinz, – Geboatstachskasse Freud un Leid alles abgege'm un nu will ihr keiner haben, die Kasse!

Jaha!

Sich selber was inne Tasche schwinneln

Irmchen Rohde, nä?, mein Nachbarin, hat sie gessern zu mir gesach: ,,Weiß was, Mausi?, einglich sind wir ja gaanz schön beklopp', daß wir unse Männer immer sagen, dasse Klamodden – Kleider – Schuhe – Pullis – alles so billich sind, wenn wir uns was hol'n woll'n!, – und in Wäaklichkeit kossen sie alles das Dreifache." – Hat sie ja rech' in, Irmchen, nä? Wie ich, wo ich in' Winnerschlußverkauf nämlich Karlheinz gesach', das Blauweiße hat bloß 89,– Mark, wo das doch 289,– gekosset hadde. Kricht Karlheinz nienich zu wissen, wie'e Preise in Wäaklichkeit, nä? Aber – will man ja auch an vorbei, dass'as zu Hause Krach geben tut, wenne Männer mitkriegen, daß wir sonne Menge Geld für'e Klamodden brauchen. Zweicht man das lieber 5-Mark-weise vonn'as Haushaltsgeld ab, nä? – Einglich habich mir ma' vorgenomm', dassich mir bessern will und Karlheinz rein'n Wein einschenken, wenn'as ma grade so passen tut un er gude Laune hat, nä? Aber Irmchen sacht, nee, sie nich, sie denkt da ganich dranne, weil Erich sie ja nich ma sacht, was er inne Lohntüdde hat un das is ers'rech' Betruch un noch viel schlimmer un gemeiner. Muß man ja zuge'm, nä?, habich ganich gewuß', dass'as sowas heutzutage noch geben tut, daß ein Ehemann seine Gaddin nich ma sacht, wasser verdient. Ma ehrlich, nä? Mit mir könnte das Erich ja nich machen, wär ich schon längs' ab un hädde mir selber was verdient.

Karlheinz un ich, wir hadden das schon vor unse Hochzeit kla', midden Geld müssen klare Verhältnisse, nä? Na, so lüdde Beträge, brauch ich nich ers' fragen, macht er ja auch nich, Karlheinz, sons' kanns' ja den annern nich ma'n lüdde Überraschung mit'n Geschenk oder sowas machen! Karlheinz, nä? Hat er mir ja mit ein Geschenk an mein Geboats'ach forchba' überrascht. Hadder auffe Boots-Ausstellung (weil –, wir spa'n doch auf ein Boot) – ers' ma ein Schemikaltoledde mitgenomm. Er sacht, die Toledde wa günssig, nä?, un ham wir schoma was. Un ich, sein lüdde söte Mausi, brauch doch immer ganz nötich meine Hygiene bein Camping un so! Hadde er nur an mir bei gedach', dasser mir wieder alles rech' machen tut! – Wenn nu alle fragen, „Mausi, was has denn zun Geboats'ach", ich: „Bidde, kanns kuggen, ein Schemikaltoledde, das Boot drumrum kommt in zwei Jahr'n!!"

Spieleverderbers

Hab' ich ein Glück mit unse Carmen, daß sie auch so gerne morgens an'n Frühstück sitzen tut als wie ich.

Karlheinz, mein verehrten Ehegadden ja weniger, nä? Er is froh, wenn er immer midde „Atzung" doach is, sacht er!

Auch, daß da immer unner sein'n Kaffe-Pot so'n überflüssige Unnertasse drunnersteht, find't er sich zun an Äagern! Un wenn ich Kaffe-Sahne immer extra inne Milchkanne kipp, sacht er, statts daß ich Konservendose einfach auf'n Tisch stell, denn soll ich mir nich wunnern, daß ich soviel Geschäa hab'! Auffe ganze „adelige" Porzellanschäaben kann er gäane verzichten! Von ihn aus kanne' Woas un Käse in Einwiggelpapier auf'n Tisch, Haup'sache Brötchentüdde, Meechtüdde un sein Taschenmesser, denn langt ihn das!

Osternmorgen, nä? Ich mir wieder eine Mühe gemach', ganze Fantasie alles! . . .

Unse Carmen hadde mir ja geholfen midde Eiers anmaln. Is sie ja auch für, daß das alles bunt aus-seh'n tut wie sich das für'n Frühling un Ostern gehört. Hadden wir beide vorher schon so ein Spaß dranne, un wir uns richtich auf Pappan sein fröhlichen Ostergesich' gefreut!

Unse Carmen, nä? Sie is ja nu wäaklich schon midden inne späte Tienätscherjahren drinne. Trotzdem hat sie oben von'n Hängeboden die ganze nüdliche Stoffosterhasen wieder vorgekricht un denn doaften sie alle wieder mit auf'n Sofa hocken.

Un ich, nä? Hab' ich früh um siebn schon den ganzen süßen Schnoop-Kram un das neue Tieschört inne neuste Modefarben ,,pink un töakies" unnere Fitriene versteckt un sie, Carmen, unner großes Halloh alles abgesuch' mit Feuer – Wasser – Kohle, – wie früher!

Karlheinz sich denn aufgerech' über den ,,blöden Baby-Kram", un gefrach, wenn wir denn nu endlich ma' ,,erwachsen" wer'n un ihn nich schon Klock acht aus sein'n wohlverdienten Frühjahrsschlaf hochjagen. Un weiter gebrummt, Karlheinz, über den Weiberkram: ,,Ganzer Tisch gerammelt voll, bloß kein Salz auf!" Carmen un ich uns bloß angekuck', auffe Zunge gebissen un' hädden ihn an liebsten ganze Ostertoate im Gesäch' geklatsch', wie inne alte Filme immer Dick un Doof. Halten wir wen'stens zusamm', wir Fraunsleute, nä?

Drüb'n bei Rohdes Irmchen, da is das ja noch viel schlimmer! Sie muß ja immer gegen zwei Mannsleute an, nä?

Un . . . Rohdes Oma, die sacht ja nix. Sie is stille, weil sie Angs' vor Erichen hat. Sie sacht, sie will in ihr Alter bloß noch ihre Ruhe un Frieden ha'm. Steht Irmchen ja vor alles alleine vor, ganzes Familienschlachtfeld! Sie hadde ja ihrn Sohn Gunnar auch ein Oster-Körbchen zusamm'gestellt, nä?, mit alles Süße drinne, was er so gäane mach! Un – hadde sich Irmchen von das Wäatschaftsgeld abgespart ein Fümfzichmarkschein un den ihn mang' ä Eiers geschmuggelt. Das hadde sie doch so leidgetan, daß Gunnar mit seine Motorrad-Repperatur schon sein ganzes April-Taschengeld wech hadde. Hadde sie das doch so gut gemeint, hadde sie gedacht: „Gibs' ihn ma' was dazu, daß er sich wen'stens Sprit für sein Motorrad leisten kann!"

Ende vonne Fahnenstange war nu, daß Irmchen keine neue Sommerschuhe von Erichen kriegen tut. „Zu Strafe" sacht Erich, weil sie Gunnarn das heimlich, ohne sein Wissen! Un' . . . Gunnar soll die Kohle gefällichs von sein Spa'buch runnerholen, wenn er sich so'ne teure Scheißbenzinkiste leisten tut. Er, Erich, konnte das ja früher auch nich. Un', damit Irmchen das mit die ewige Heimlichkeiten leanen tut, hat er sie das Wäatschaftsgeld aus „erzieherische Gründe" auch noch um die 50,– geköaz'!

So is Erich!

Sie, Irmchen, hädde das ja bewiesen, daß das auch mit 50,– Mark weniger geht.

Un statts daß sich nu Gunnar bei seine Mudder wen'stens bedankt hädde, – nee nee!

Hat er ihr auch noch ausgelach' un gefrach', ob sie denn nu immer noch nich genuch hädde von den blöden Babykram Ostern und Weihnachten un alles. Und denn hat er ihr erinnert, sie hädde ja früher auch immer zu ihrn Lüdden gesacht: „Wer nich hören will, muß fühlen", wenn'er sich ma anne Kochpladde verbrannt oder im Finger geschnidden.

Irmchen denn bei mir gejammert: „Hätt'st das ma' gedacht, Mausi, daß das nu alles vorbei is? Denkst dir lauter schöne Sachen aus, daß du sie was schenken tust un hast bloß noch Krach!, wollen sie ganich, is Babykram. Sollen sie doch ma' sagen was sie wollen, un nich immer bloß, was sie nich wollen!"

,,Wissen sie wohl selber nich, was sie wollen, denke ich mir so, Irmchen! Hauptsache, immer dagegen un Spieleverderber! Mußt wohl immer schön inne Egge sitzen un warten, bis sie dir midde Trillerpfeife ranpfeifen, wie son lüdden Köter mit ,,Sitz" und ,,Platz" und ,,Hol" und ,,Pfötchen gebn".

Irmchen denn:

,,Weißt was, Mausi? Weihnachten, nä? Denn schenk' ich sie eine Trillerpfeife, und so ein arm' Hund aus'n Tierheim! Und ich? Ich tu verreisen, nach meine Kusine inne DDR!" – Na, ich wer' ihr dran erinnern, wenn das mal wieder soweit is, nä?

Annere, die machen das doch auch!

Wie ich vorgestern bei Irmchen Rohde drüben war, nä?, wollten wir uns gegenseitich Lockwelle eindrehn', hab ich ma zu hörn gekricht, wie so ein 17jährigen Jung seine arme Mudder behanneln tut. Hadder ihr angemotzt alles, wo sie ganix für konnte, nä? War er, Gunnar, aufn Grundstück von seine Eltern inne Hundeexkremente von so'n frem'n Köter reingetretn, ausgerutsch', und längelangs hingefalln mit sein Fahrrad. Un nu, als ob er das vonne Fernsehwerbung geleant hädde, er rumgemotzt in seine Ironie, sein Mudder gerufen, als hädde sie ihm das eingebrockt. „Echt staak, riecht superschmackig! Würdest du vielleicht ma die Güte ham' un dein Sohn mit dein zweiten Gewissen die Oktoberfrische vonnas tierisch Moos anne Schuhe und anne Djiens entfern'?" Issie doch, Irmchen, wie vonne Terantel gestochen ab nach ihrn Gunnar! Den Frisierkamm, Loggenwicklers ... alles falln gelassen und mir einfach sitzengelassen als wie wenn ich Luft wär. Hab ich bloß noch gehört, wie Gunnar weitergemotzt hat: „Wenn ich den Hunnebesitzer zu fassen kriech, denn steck ich ihm ein Angebot von'n Hundebestattungsinstitut ‚Tierlieb' in Pos'kassen." – Halbe Stunne später hadde Irmchen das immer noch mit'n Hunne-Brechreiz. – Blieb unsereiner ja nix weiter über als selber gegenere Loggenwicklers ankämpfen. Na, annern Morgen, nä?, wie ich im Spiegel gekuck' mit mein Krisselkopp, steht unse Carmen hinner mir un lacht: „Kann mir nu richtich vorstelln, wie Papa sich in dir verknallt hat.“ Hab ich sie daraufhin mit meine nasse Seifenhänne ma fix über ihrn frischgeföhnten Popper-Frisur gestreichelt, denn Kopptuch um, un ab inne Küche! Na, Kaffewasser schon fix am Kochen, nä?, kuck ich aus'n Küchenfenster, seh ich, wie eine unbekannte Dame ihrn Hund dazu verleiten tut, mir direktemang vor mein Küchenfenster ein stinkendes Denkmal hinzusetzen. Ich nu aber nix wie hingerannt un sie befohlen: „Machen Sie das sofort wieder wech, aber büschen dalli, nä?“ – Sie midde ganz hochmütige damenhaftige Visage: „Ich denke gar nicht daran!“ – Nu ich: „Ihre Papiere bidde!“ – Sacht doch die Hundedame: „Ach hör'n Sie doch auf, Sie spinnen ja!“ – „Wer hier spinnt wer'n wir gleich seh'n! Sie ha'm mein Grundstück verunreinlicht un das kost' Strafe bei'e Polizei . . . minnstens 20 Maak!“ – Sie schon wieder: „Ach hör'n Sie doch auf, das machen Sie doch alle!“ – „Ach“, – sach ich – „machen sie alle?, machen sie alle? . . . Wenn annere ihre Hunne auf Leute ihre Grundstücke hinmachen lassen, dann müssen Sie das auch, nä? Wenn annere ihre Mitmenschen beklauen, dann müssen Sie das auch, nä? un – wenn annere – annere umbring', dann mein Sie, müssen Sie das auch, nä?“

In den Moment unse Carmen die Haustüre auf, zieht mir in'n Hausflur rein un redet auf mir ein: „Komm, Mama, laß die blöde Kuh, die is doch viel zu doof als dassie das begreifen tut! Was meinstu, wenn unse Lehrer inne Schule immer gleich so auf 80 wär'n, wenn die Schüler bein Papierwechschmeißen sagen: Der annere hat aber auch – der annere hat aber auch –, – wär'n unse Lehrer längs' auffen Friedhof!"

Was kannst' ehrer ab: Schadenfreude oder Mitleid?

Heute, wo das Wedder nu schön is, nä? – un wo wir nu von' Camping wieder zurück sind, Karlheinz, unse Carmen un ich, graul ich mir schon, wenne Nachba'n, Leute ausse Siedlung un ganze Verwandtschaft wieder fragen: ,,Un wie war das Wedder?" Muß sich doch unsereiner immer lauter Schwinnelkram ausdenken: daß bei uns anne Ossee bloß Sonne, ganzen Tach, nich ei'ma Regen un sooo gut erholt, bloß, damit die nich ihre Schadenfreude kriegen.

Bei unsen Grünhöker, nä?, ham sie letzma' zu mir gesacht, das kannoch ganich angehn', Ossee Sonne und 100 Kilometer weiter bei uns bloß andauernd Regen.

Un denn war da noch einer in Laden drinne, das war bestimmt so'n Gynnasiallehrer, Oberstudienrat oder sowas, muß er, bestimmt! Der hat das gleich erkläat midden Zeigefinger, midde Wedderkarte, un wo die ganze Tiefs un Störungsläufers lang sind, un daß keiner eine Schangse nich hädde an vorbei anne sommerliche norddeutsche Dauerduschen. Un denn alle mir angekuck' un gesach: ,,Gibt'as ganich, väazehn Tage kein Tropfen Regen anne Ossee! Könn' Sie uns doch nich' erzähln."

Denn ich aber zurückgeschossen: ,,Mischen Sie sich da man nich mang, nä? Sie sehn ja, daß ich ganz braungebrannt bin, nä?" (Brauchen die ja nich wissen, daß ich midde Creme nachgeholfen!) ,,Und wennas ma gerechnet hädde, vielleich' wa'n wir ma' in Supermark einkaufen un ha'm das ganich' gemerk' oder wa'n midden Budderschiff unnerwegens!"

Denn ich schnell raus aus'n Laden, mir das Heulen verkniffen un denn ahm's Karlheinz alles erzählt. Bloß gut, daß ich mein Karlheinz hab.

Sacht er: „Ich mach das gaanz anners, Mausi!"

Jaha, Karlheinz macht'as genau umgekehrt. Wenn'as losgeht un sie wolln ihm aufziehn auf Arbeit mit sein' verrechneten Camping, denn fängt er an zu jammern un klagen, dass'as keine Erholung für ihm wa un er beneidet alle, die auf Zimmer wa'n oder Ferjenwohnung, die ham'as richtig gemach'. Denn, sacht Karlheinz, hat er seine Ruhe un außerher noch den Spaß, daß ihm nu alle Leute bedauern un trösten, un denn kochen sie ihn Kaffe, dasser bloß nich traurich is. Er sacht, er freut sich schon wieder auf'as Mitleid von sein' ganzen Betrieb!

Für Textil-Unnernehmers Reklame laufen?

Irmchen Rohde von ne'man ausse Nachbaschaf, nä?, – is ja mein' beste Freundin.

Wir erzähln uns immer alles, wassu midde Mannsleute ganich besprechen kanns', auch über unse Kinner, nä? Brauch man ja doch öfters ma Rat und Trost!; besonners nu, wo die ganich mehr unse Kinner sein wolln, sonnern Jugendliche midde Freiheit total!

Zu'n Beispiel midden Anziehkaufen, nä? Darf Irmchen ganich mehr, macht der Herr Sohn alles alleine. Er läßt sich von den Konsumterror nich beeinflussen. Denn steht Irmchen da un muß in die billige Klamodden von'n Grabbeltisch andauernd neue Reizverschlüsse reinnähn! – Un weil er, Gunnar, von alles bloß eins hat, denn kann Irmchen ahms um zehn anfang' mit'n Waschen un annern Morgen um halb siehm soll das denn wieder troggen sein! Geht ja ganich, nä? Is sie denn ab fünf Uhr früh schon mit'n Föhn zugange, bloß damit er seine einzichste Jagge un einzichste Hose wieder für 'ä Schule anziehn kann.

Nu hadde sie das so satt! Is sie doch ma los un hat ihr'n Gunnar wen'stens ma ein neu'n Tieschört zu'n Wechseln gekauf' mit so'n nüdliche Miggimaus aufgedruck'! Wußte sie, dasser das geern leiden mach! – Bloß, nu hadde Irmchen nich da auf geachtet, daß unner die Miggimaus, – . . . also, da unner die Miggimaus stand so ein italieenschen Nam' unner!

Hat Gunnar sein' arme Mudder vielleich' ausgeschmiert, daß sie „ein Rad abhat", un er, Gunnar zieht sich doch kein Popper-Tieschört übern Bauch un läuft für 'ä Textil-Unnernehmers mit die ihre Namens noch Reklame.

Hat sie so geweint, Irmchen, daß aus ihre Freudemachen so ein Ärger von gekomm' is. Hat sie denn den Miggimaus-Tieschört genomm' un an ihrn Neffen inne DDR geschickt. In so ein lüddes Dorf in Thüring', nä?; da wissen sie ja noch nix vonne Poppers un Konsumfolter, nä?

Hat sie den aa'm Jung' da drüm' Riesenfreude mit gemach' un sie, Irmchen war ihrn Äager los!

Jaha! Jedesma' wenn auf Gunnarn seine Sachen auch noch so'n lüdden Fäamen-Name auf wa, mußte Irmchen das alles abtrenn' oder neutralen Stoff als Fliggen übernähn, nä?

Gestern, sacht Irmchen, war wieder ma der Bär los bei Gunnarn. Hadde sie ihn ein Schwimmschort ausse Stadt mitgebrach, weil er kein' Zeit dazu hadde un brauchte das für'n Sport-Unnerich'! Konnte sie ja nix für, daß die Sport-Fäama ganz lütt ihrn Fäam-Nam' da aufgedruckt hadde. Aber, Gunnar, nä?, ihr ausgeschmiert, daß sie das nienich lern'n tut un sie soll ihre Dummheit vergolden lassen, weil sie sich zu'n Weakzeuch vonne Kappitalisten machen läßt.

Wie ich das nu an'n Ahmbrot-Tisch erzähl, nä?, sacht doch unse Carmen zu mir: „Er hat doch Recht, Gunnar! Wenn ich für eine Fäama Reklame lauf', denn soll mir die Fäama da Geld für geben, nich daß ich das noch bezahl! Wir Jugendlichen lassen uns nich mannepoliern. Nich so wie du mit dein teures Seidentuch, wo du auch noch mit angeben tust, daß der Name von so'n französischen Modefritzen aufsteht!"

Denn hat sie mit'n roden Kopp ihr'n Ahmbrot-Teller genomm' un is ab in ihr Zimmer.

Nu aber Karlheinz, nä? (hadde er ma wieder ganich zugehört). Haut midde Faust auf'n Tisch, daß die ganze Spaghettis vonne Gabel runner auf'n Tebbich mit: ,,Verdammt nochmal, kann man denn nienich in Ruhe Ahmbrot! Was is denn nu schon wieder los?!"

Ich sach: ,,Ach nix weiter! Bloß, – deine Tochter meint, du sollst ma von deine Heimwäakermaschine den Nam' vonne Fäama entfernen! Un – wenn du das nich willst, denn sollst du dir von die Fäama dafür Geld geben lassen, daß du mit ihre Bohrmaschine Reklamelöchers bohren tust!"

Bei'n Aung-Aaz!

Wie Rohdes Erich un Irmchen inne Ferien wa'n, nä?, – hab ich mir ja erba'mt un bin mit Rohdes Oma nach'n Aung-Aaz hin, nä?

Hadde sie Termin, ob sie auch kein Star inne Aung kricht!

Sie hadde mir übern Zaun so ihrn Leid geklach', dassie sonne Angs! Un letz'ma', wa' sie das gaanz gaanz schlech' zuwege! Konnte sie hinnerher auffe Straße nix mehr erkenn' von das olle Zeuch, was sie sie inne Aung' reingeträufelt ha'm; weil, – hadde sie der Dokter nich gesach', dassie bis an Ahmd sehbehinnert davon is, nä?

Rohdes Irmchen wa denn annern Tach hin nach'n Dokter un sich beschwert, was sie mit Oman gemacht ham.

Der junge Aung-Aaz denn bloß Irmchen belehrt, nä? Er hädde annere Aufga'm un für sowas kein' Zeit un sind seine zahlreiche Assischtentinnen für zustännich. Wer'n die ja von ihn teuer für bezahlt.

Ich sach zu Rohdes Oman: „Lassen Sie man, Frau Rohde!" – (Sie hat das nämich nich so gäane, wenn man ihr Oma rufen tut, nä?) –

„Sie fassen mir denn unter, un denn spiel ich Blinnenhund, bis Sie denn an' Ahmd wieder kuggen könn'; un denn machen Sie ihrn schö'n Fäanseh' an un alles is wieder gut!"

Na, – ich ja nu auch zu'n erssen Ma' in mein' Le'm nach'n Aung-Aaz! War ich schon gleich ersma' in meine Sehkraft behinnert von die viele flaggerige Neonlampen, – un denn auch noch verstäakt von'nie viele Spiegels da anne Wänne; un was nich Spiegel wa, wa in Knallerot angemaln.

Eine denn von die zahlreiche Assischtentinnen Rohdes Oman den Anmeldezeddel ausse Hand gerissen, un so richtich von oben runner: „Waaten Sie, bissie aufgerufn werden!“

Wir denn in den knalleroten Riesen-Flur, kein' Waatezimmer, nee nee nee, bloß ein Riesen-Flur, – auch noch so ein knallerotes Plastik-Gestell gefunnen, (das sollte ein Stuhl sein), – wo wir uns denn zu'n Waaten hingehockt. Rohdes Oma wollte denn grade eben „für Damen“ suchen, kommt schon eine vonn'ie zahlreichen midde lüttje Aungtropfen-Buddel unne Pizette. Oman ohne ein Wort einfach beide Aung' vonne Tropfen was rein! Gleich ne'man ein Herr un eine Dame dasselbe! Ich vor Angs' aufgesprung', sie panscht mir da aus Versehn auch noch was in meine Aung' von rein, nä? Weile später kommt ein annere vonn'ie Zahlreichen un macht das noch ma' midde Tropfen. Was für Tropfen das wa'n, kristu ja nienich zu wissen! Wie ein Robodder, kein Gesich', keine Sprache, kein freundlichen Blick!

Rohdes Oma sich in ihre Angs bei mir fesgehalten, als wie wenn ich ihr redden sollte! – Denn die dridde Robodderdeern ohne ein Gesich, un die auch noch sonne elektrische Musik im Lautsprecher eingeschaltet, so'n Musik, wo du von aufsteingde Hitze un schnellen Atem von kriegen tust.

Wie ich mir denn selber gut zugeredet: „Mausi, schön ruhich blei'm, or'ntlich tief doachatmen, da:

. . . ein ekelhaften Gestank vonne Grünpflanzen ausse Egge rein in meine Nase.

Ich gemäak', wie ich so langsam gaanz schlech zuwege, nä? Schweiß man immer bloß so an mir runnergelaufen! Hab ich noch gehört, wie eine Stimme von eine Pazientin ganz laut: ,,Brauchen Sie sich nich wunnern, das is eine Grün-Pflanze aus'n Urwald. Ham sich Pazienten schon so of' beschwert, aber keiner entfernt ihr!

Na, wie ich denn wieder aufgewach', nä?, wa' das nich mehr knallerot um mir rum, bloß noch lila und gelb un alles Technik un kein Fenss'er drinne, wie in so'ne Verücktenzelle, un Rohdes Oma an meine Krankenbahre un schon drei Taschentüchers vollgeweint!

Die eine vonne Tropfen-Assischtentinnen denn Taxe bestellt für Rohdes Oman, un mir auf'n Hinnersten geklatsch' mit: ,,Nich so zaghaft, junge Frau, das Behandlungszimmer wird gebraucht!" Der Taxifahrer denn, nä?, – uns bloß vonne Seite angekuck' un gefrach': ,,Na, Mädels, wie gefällt Euch der Horrorfilm da o'm bei'n Aung-Aaz? Spitze, was? Jaha! Das is der beste Freund von den Näaven-Aaz eine Trebbe tiefer!

,,GEMEINSCHAFTS-PRAXIS!!"

Erste Inwestitschon

Wie unse Tochter Carmen un Rohdes ihr Gunnar noch lütt warn, nä?, – da ham sie ja as Nachbarkinner so fein zusamm' inne Buddelkiste gespielt! Nu, as Tiens, kuggen sie sich ganich mehr an. Unse Carmen sacht, daß sie „keinen Intresse" auf ihm hädde. Un sie meint, der olle Dongjuang hat soviel annere Deerns in'n Kopp, dasser ihr nich mehr brauch, un er soll sich man mit sein' Motorrad verheirad'n, sie geht lieber nach ihr Pferd inn Reitstall.

So is das nu, un wir Eltern inne Nachbarschaft müssen das nu schluggen. Aber wir erzähln ja vonne Kinner, nä? Rohdes Irmchen sacht von ihrn Gunnar, daß er rein verrückt is mit sein Moped oder Motorrad oder Leichtkraftkrad oder was das is, nä? Er gleich je'n Tach vonne Schule raus inne Garage un denn den ollen Feuerstuhl ausnannergenomm', geputz', wieder zusamm', inne Stadt Ersatzteile, wieder inne Garage! Ganzes Taschengeld für sein Hobby, nä? Konnten sich die Deerns ausse Schule Beine im Bauch stehn un Knoten inne Stimmbänders schnacken un Rohdes ihre Haustürklingel kaputtspieln, er, Gunnar, fes'gemauert inne Erde bei seine Garagenbraut! Hadde er gakein Bock auffe Deerns. Un für seine Mudder hadde er bloß böse Bligge für ihre hygienische Agermente, daß er sich ma Hals waschen sollte un Füße, un Sonnahmd wollte er nich ma inne Wanne, wenn bei Rohdes Badezeit is. Aber, seit ein halbes Jahr, sacht Irmchen, kennt sie ihrn Sohn ganich mehr wieder, nä?:

Je'n Tach Haarewaschen, je'n Tach zweimal Zähneputzen . . . zweima!!!! (Früher bloß alle halbe Jahr einma wenn'er Schulzahnaaz' gekomm is.) Je'n Tach neue Pullis, sogar Unnerwäsche je'n Tach gewechselt un denn – den ein' Tach hat er von sein ganzes schönes gespartes Taschengeld ein' zweiten Motorradhelm gekauf' – mit sone lüdde zierliche Kopfgröße, hähähä! Weil – Irmchen sacht, die Deern war wohl sone ganze zierliche. Un – wie das denn aus war mit Angelikan, seine zierliche erste Flamme, nä?, da er kein Ahmbrot gegessen, immer bloß dagesessen un gesacht: „Scheißweiber", un gedroht, dasser nu schwul wird, nä? Wenn Irmchen denn paar Trostwörters, denn er midde Gegenstände um sich geworfen un sie soll ihm zufrie'n lassen, wird alles bloß noch schlimmer, un gesach', Irmchen soll ma lieber ihrn Ehegadden trösten! – Aber – schon Wochenenne drauf hadde er wieder ganz glänzende Aung, wie er vonne Disco wiedergekomm' is, un denn hadder bein Frühstück zu Irmchen gesach': „Aber daß Petra ein' zu großen Kopf hat is ja schade!" – Sie paßt nämlich nich rein in sein verwaisten Motorradhelm. Na, er wollte ma zusehn, ob er eine Annonkse inne Zeidung für ein größern Schutzhelm umtauschen, nä? Aber das mit Petran hadde nich ma so lange gedauert. Schon paar Tage späder hadde er zu sein Vater verkündet: Er kann keine gebrauchen, die nich auf ihm hörn tut, un man gut, dasser das rechtzeitig gemäak', was das für ein eiserne Emanze is. Ihn soll das ma nich so gehn wie Erichen mit seine Frau, dassie überall mangquatschen tut!!

Un er, Gunnar, hädde ma was gehört, daß die

Asiaten so prima Weiber ham, richtig gehorsam, un alles annere hat kein' Zweck.

Ja, – wo er nu auf was Asiatisches lauern tut, steht nu sein zweiten Motorradhelm total leer! Schon 14 Tage!

Irmchen meint, wird er woll spät'stens näch'ses Wochenende Geduld verliern, hähähä, nä? Wird er woll froh sein, wenner auffe Disco irgend'n Deern mit so'n lüttjen Kopp finnen tut, dassie in sein leeren Helm reinpassen tut. Investiern für nix? – nee!!! das is bei ihrn Sohn nich drinne, da isser genau so wie sein Vadder! –

Alternative Hochzeit

Wir selber, nä?, Karlheinz un ich, sind ja inne fünfziger Jahre im Eheglück eingetreten, auch mein älteste Schwester Herta un ganze anner Geschwister auch. War ja'n a'me Zeit! Hadden ja alle nienich mal'n richtige Hochzeitsfeier mitgemach'. Kannten das bloß von unse Kindheit da auf'n pladden Land, daß da immer das ganze Dorf inne Gange war mit'n Schrubben un Gadinen ab, Tebbiche raus un Blechkuchens baggen, Budderkreme-Toate, Schwein schlachten, Hühner, alles, wenn eine vonne Deerns im Eheparadies eingegang' is.

Ja, nu desweg'n wir ja auch ganz aus'n Häuschen, daß wir zu eine richtige große Hochzeitsfeier eingeladen, nä? Alle drei wir: Karlheinz un unse Tochter Carmen un ich. Was ein' da doch alles für schöne Gedanken komm'! Hertan nu ers' – als Mudder vonn'ie junge Braut.

Hertan ihre zweite Tochter Anke wollte nu endlich nach viele Jahre mit ihrn langjährigen Studenten auf ewig midde Ringe tauschen. Er studiert ja auf Kompjuter-Fachmann!

Herta hadde nu in ihre Freude schon alles vorbereitet, so, wie sich das gehört un wir das gelernt hadden, früher: Drei vonne riesige Damasttischtüchers hadde sie schon auffe Leine, gestäakt, gebügelt! – Die ganze 24 Krischtallgläsers von unse Mudder noch glitzeblankgeputz', ga nich ma zu schweigen vonne geputzte Silberbestegge. Sollten doch nu endlich ma wieder zu Ehren komm', nä?

Wie sie das nu ihre Anke un ihrn zukünftigen

Schwiegersohn in ihre fröhliche Aufgerechtheit erzählt, wie sie das alles or'ntlich verplant hadde, da die ihr aber vielleich' angemach'!: Was sie sich einbilden tut, ihre Kinner die ganze ,,Äkschen" zu klaun, un das is Anke ihre un Jens seine Hochzeit, nich Hertan ihre. Rumms! – Nu hadde sie das, Herta! Un Jens un Anke wollten da ein Bratkantoffel-Fest von machen, mit'n total ,,kosmische" Äkschen. Jeder vonne Gäste sollte mitbraten an das Festmahl!

Wie sie gemäakt hadden, Anke und Jens, daß Herta drei Tage im Bett midde Migräne zugange un ihrn Frust, sie denn ihr getröstet! Jens seine Schwiegermudder im Arm genomm' un gesach', sie, Herta sollte doch keine A'beit von haben und or'ntlich mitfeiern ohne Pflichten, nä? Un denn hadder seine Bratkantoffelpläne auf'n grün' Tisch gepack'!:

Er hadde sich auf seine Rechenkompjuters inne Unni ausgerechnet, für die 65 Hochzeitsgäs'e, da brauchen sie annerthalb Zentners Kantoffeln, un die kann Herta ja denn ein' Tach vorher schon kochen un pellen und Speck un Zwiebels schneiden.

Herta denn: ,,Ich soll annerthalb Zentners Kantoffeln pellen, ich?"

Jens denn seine Antwort: ,,Wir hadden gedach', 'n büschen machst du ja woll auch für deine Kinner mit anpaggen, nä?"

Herta geschluck' un weiter nachgebohrt!: ,,Un wo wollt Ihr die viele Bratpfannen wohl herkriegen, hä?"

,,Ach so, Bratpfannen! Stehn zehn Stück parat,

allens von meine Kommelitronen ausgeborgt."

Herta tief doachgeatmet un 'büschen lauter: „Ach! – Habt Ihr Klookschieter ma daran gedach', daß Ihr aber höchstens vier Kochpladden habt?"

Anke denn: „Daß du dir immer die Köpfe von annere Leute zerbrechen tust! – Denn müssen die Bratkantoffeln e'md in vier oder fünf Schichten zubereitet wer'n!"

Herta, nu sie aber der Krag'n geplatz', nä? „Seid Ihr noch zu redden?, denn ha'm Klock vier an'n Nachmiddag die Letzten g'rade ihre Bratkantoffeln auf'n Pappteller, wenn die Ersten schon bei'n Budderkuchen un Kaffe zugange sind!" – Na, seit den Tach hadden sie Hertan denn ganz ausse „Basis-Planung" raus, un wir ha'm bloß von unse Carmen zu wissen gekricht, aus 'as Bratkantoffelfest wär nu eine Erbsensubbe geworden, aber alles von ein Bio-Bauer!

Nu ja endlich der große Tach da un wir denn alle 65 Personen in 'as Studentenwohnheim nach'e alternative Predicht von den Studentenpaster anne lange Tische auf'e waggelige Stühle gehockt un unse brennerige Erbsensubbe aus'se Plastiktellers gelöffelt.

Ich, nä?, in mein langes schigges Taftkleid in Knallrot überall midde Rüschen auf, Herta hadde in ihre Traurigkeit das „kleine Schwaaze" gewählt un noch drei annere Damen un Jens seine Mudder Krepteschien in Lang in Pink un Blö!

Un denn mußten wir die lüdde feine Braut in ihrn Braut-Staat bewunnern: Hadde sie sich mit unse Oman ihr vergilbtes Hohlsaumnachthemd verkleidet. O'm an'n Hals warn drei Rostfleggen dranne, knidderich, as hädde sie schon halbdutzma' drinne geschlafen un noch über'n Nachthemd zwei vonne schedderige Unnerröcke von Oman ihre alte Holzkiste übernannergeplünnt. Bloß, was sie anne Füße hadde, das war aus'n Laden: silberne Soggen – koaz –, zu schwaaze hochhaggige Pömps.

Wir Damen nu in unse Gala-Gaderobe, nä? – wir war'n ja nu der einzichste farbige Lich'blick bei das Koschtümfest. Die junge Leute alle total in Öko-Luck mit digge biologische Schafwollpullovers norwegergemustert, handgestrickt, un lange Rupfen- un Jute-Schörts in mausegrau un kuhbraun. Hat ein ja so richtich leidgetan, wie sie das nu unnern A'm kratzen tut auf ihr'n Bio-Trip.

Ha'm wir Damen bloß immer mit Absicht wechgekuckt un von früher erzählt, wie das alles noch ein'n vornehm' Stiel hadde, so gediegen.

Dieweil ja unse Männer un die junge Leute schon bei das große Bierfaß zugange, hadden sie Pullovern, Schaketts un Krawadden lange abgelecht. Karlheinz seine Krawadde hab' ich denn nachts in ein' vonne schietigen leeren Erbsenpödde wiedergefunnen. –

Der Discoläam schon or'ntlich inne Gange un midden Mal schießt mein Karlheinz auf mir zu! Inne eine Hand ein Pappbecher halb voll ohne Bier drinne, midde annere haut er mir auffe Schulter un grölt gegen den Discolärm an:

,,Is das nich Klasse, Mausi, das junge Paa', nu so glücklich un alle Verwandte könn' sie dabeiha'm, fümmunsechzich Stück. Nich so wie wir damals!

Weißt noch, wir konnten ja nich' ma unse' Eltern einladen, so a'm wa'n wir! Un du, du haddest ja nich ma'n Blumstrauß.

Weißt noch, unsere einzige Flasche Wein zu 2,95 DM süßen Muskateller, ha'm wir beide nich ein Schluck von, damit unse Wäatsleute dun genuch davon wa'n für'n Unnerschrift, daß sie uns da wohn' lassen."

Na, wie sie nu da inne Disco-Egge von 'as Studentenwohnheim nu auch noch'n Elvis-Pladde aufgelecht, Karlheinz mir befohln, ich soll mein' „knalleroten Rüschenvorhang" man mal'n büschen hochbinden, weil, er will die junge Leute ma mit meine werte Hilfe zeig'n, wie'n echten Rock'n Roll getanzt wäad! –

Mausi über Selbserfahrung

Wennu nich alles schoma mitgemach has, nä?, – un kennst die neue Rellijon nur von'n Hörnsang, weißtu überhaup' gakein Bescheid. Jaha! Selbserfahrung, das is das moderne Simsalabim! Selbserfahrung, das Wort is für mennichein wie Befreiung aus'n tiefsten Käaker! Ehrlich! Ich platz ja richtich auch schon vor Neugier auf mir selber, daß ich das endlich ma erfahrn kann, was alles in mir drinne steckt. Wenn ich das Geld dazu hädde, ehrlich, nix als wie hin nache Selbserfahrungsgrubbe. So wie annere Körpertraining, nä? – Rudern, Radfahrn alles, trainieren sie inne Selbserfahrungsgrubbe, deine ganze Kompleckse, was du hast und auch, was noch nich. Un wennu ersma drinne bis inne Grubbe, nä?, läßt ein' der Selbserfahrungsdrang nienich wieder los. Meine älteste Schwester Herta ihre Tochter Erika, nä?, die is schon zwei Jahr drinne. Letze Zeit wa das mit Erikan ihre Freude auffe Selbserfahrung inne Grubbe schon so schlimm, sacht Herta, hat sie schon ein Tach vorher kein Bissen mehr runnergekricht un midde Gedanken so weit wech, hadde sie sich den ein' Tach Zähne midden Meereddich ausse Tube geputz'. Un Reinhard, was Erikan ihrn Mann is, nä?, dem hat sie bloß noch angebrüllt, weil der neue Grubbentrainer sie gesacht hadde, sie, Erika, muß nienich alles runnerschluggen sonnern gleich immer raus midde Wut. Aber Reinhard konnde das ganich ab, wenner ahms abgespannt vonne A'beit, nä?, isser meistens gleich wieder auf'n Absatz kehrt un runner inne Kneipe, nä?, un Erikan un Reinhard ihr Lüdder hadde sich wieder naßgemach', weiler sich immer über seine Mudder so erschroggen hadde. War doch vorher schon so schön troggen, sacht Herta.

Ja, un nu liecht Erika in'n Krankenhaus, nä? Autounfall! Habich ihr natürlich besuch', nä?, unnu, sacht Erika, hat sie ein' Stinkwut auffe Selbserfahrungsgrubbe un auf ihrn Selbserfahrungstrainer un sie will ihr Le'm wieder inne eichne Hänne nehm! Wollten die Erikan einreden, sie hädde das mit'n Autoanbaumfahn mit Absich, nä? – le'msmüde, un sie inne Grubbe machen sich schwere Vorwöafe, dassie das nich früher gemäak' un sie geholfen. Von das dämliche Getue, sacht Erika, issie denn aufgewach' un hadde sich weitere Besuche an ihrn Krankenbett verbeten!!! Hab ich sie anne rechte Hand die nich in Gips is, habich sie über 'e rechte heile Hand gestreichelt un gesach': ,,Paß ma auf, Erika, wenn 'ie linke Hand unnie Ribben alles wieder heile, nä?, solls ma sehn, denn kommt das auch mit eure Ehe – mit Reinhardten un dir wieder inne Reihe, nä? Kuckma, eins hastu nu bestimmt inne Selbserfahrungsgrubbe geleant, daß du zuhörn mußt, wennu was von annere Leute erfahrn willst, nä? Kannstu doch nu mal Reinhardten ganz genau zuhörn, was für ihm ganz le'mswichtich is, nä?, kannstu du dir ja denn besser drauf einstelln un er rennt nich mehr nache A'beit gleich runner inne Kneipe!!" Da fängt sie doch an zu wein'n, Erika, un sacht: ,,Es ist alles aus, es ist alles aus!" Weil, – un nu kommtas: Reinhard wollte Erikan statts Blum' ins Krankenhaus eine größere Freude machen un nu

– is er inne Grubbe eingetreten! – Ich sach: ,,Erika! Merks' was? Das is Liebe, jawoll! Liebe is das, Erika! Du sachst, das is nu aus? – Nu fängs doch ers an!!"

Letztes Trotzalter

Rohdes Oma, nä?, hat sie zu Irmchen Rohde gesacht: ,,Auf das letzte Trotzalter von deine Kinner, nä? – da mußt du dir besser auf vorbereiten als wie auf eine Geburt!" Is ganich ma so verkehrt, was die alte Dame manchma' so für 'ne Sprüche losschießen tut! Hat sie ja schon öfters mit richtich im Schwarzen getroffen, nä? – Is nämlich so, – Irmchen un Erich ihrn 17jährigen Sohn Gunnar, der kommt nu bloß noch zu'n Essen un Schlafen an Land. – Hat er ja soviel ,Äkschen' außer Haus, nä? – Fußball, Sörfen, Motorradclub, Disco, Kino, Pop-Konzert . . . was nich alles! Kann sich Irmchen zu Hause mit alles alleine abzappeln: Rasenmähen, Laubha'ken, die ganze Limo un Bierkästen ranschlebben; nich eine Minude Zeit für sein' Mudder. Un sie, Irmchen, will sie ihm wen'sten büschen midden Essen verwöhn', damit er gäane mit seine Eltern zusamm' an'n Tisch sitzen tut, nä? – Bein Frühstück, nä? Is Gunnar ma zu ungeschick' sich ein weichgekochtes Ei abzupelln, kricht er ein Stück Eierschale zwischenere Zähne, kuckt er seine Mudder voll Vorwoaf un Verachtung an un denn: ,,Schön knusprich heute, deine Eier! Muß man dir ja lassen!" – Oder bein Middachessen, nä?, hat Irmchen ihn ein schön', teuern Schteek gebraten, is der Herr Sohn zu faul zu'n Kaun, nä?, denn kommt der Spruch: ,,Dein Knäggefleisch kannstu dir patentieren lassen, aber in echt, du!" – Un bein Ahmbrot, sacht Irmchen, is das auch nich viel anners, sie macht schon vor lauter Angs' alles verkehrt! Hadder ihr gestern angemotz': „Büschen wenich Bratkantoffeln an dein Salz, nä?" – Wenn denn nachts die Uhr auf Middernacht, denn Irmchen un Erich, sitzen sie aufrecht mit Herzklopfen bis zun Hals in ihrn Ehebett un horchen, ob nich vielleicht die Haustüre endlich doch schon klabben tut! – Ich sach: „Irmchen, is ja bei uns auch nich anners mit unse Carmen! Karlheinz un ich, nä?, wissen wir manchma' ganich mehr, von welche Seite wir die sechzehnjährige Dame ansprechen solln! Büstu fix lieb, willst sie ma übere Haare streicheln, faucht sie ein' gleich an als wie eine tollwütige Katze: „Las'as nach, kannstu dein Ehegadden mit auf'n Wegger fallen, wenn der sich das gefalln läßt!" – Das kränkt ein so, könnst sie glatt eine runnerhaun. Aber Zähne zusamm'beißen un denn laß ich ihr stehn un sach: „Wenn es dir wieder besser geht, mein Deern, denn kanns'ja ma' wieder von dir hörn lassen, nä?" Un denn sitzt sie un heult un hat eine Stinkwut auf mir un sich selber un überhaupt auffe ganze Welt! – Letzten Freitach, nä, sollte sie mir nache Schule büschen helfen, daß ich middas viele Fensserputzen endlich ma ganz rum komm, nä? Bloß ihr eichnes Fensser in ihr Zimmer sollte sie ma' alleine putzen! – Komm ich nachn' halbe Stunde rüber nach ihr, habich inzwischen Schlafzimmer un Küche, Toledde alles fäatich, da nöölt sie immer noch rum an ihre eine lüdde Glasscheibe, immer in Kreis rum mi'n Labben auf eine Stelle, in Zeitlubbe, immer an eine Stelle, alles verschmiert, schlimmer als wie das vorher war, un man bloß mit'n Zahnputzbecher voll Wasser! – Sacht sie, als ich das Frollein Fleißich ma auf'n Trapp bring' will: „Mach das doch alleine, wenn du das besser kannst!" – Erzähl ich das voll Wut meine ältere Schwester Herta, sacht die doch: „Mausi, ich lach mir tot! Die Geschichte hab ich scho'ma äangwo gehört! Weißt noch, wie du unse Mudder damals immer auf 80 gebracht hast mit dein nööliges Fensserputzen? Wollst du doch mit erreichen, daß du nie nich mehr bein Fensserputzen helfen mußt!" – Man ischa manchma doch schon'n büschen vergeßlich, nä? . . .

Stiefels putzen

„So is' das, Mausi!" hat mein Karlheinz zu mir gesach'! „Mancheiner, nä?, der kricht gäane was geschenk' un mancheiner kricht gäan ganix geschenk'!"

„Bloß, die gäan ganix krieg'n, die wolln das nich wahrha'm, daß die anner'n gäan was krieg'n, weil die sich Loch im Bauch über freun, wenn einer an ihnen denken tut.

Die nu aber wieder, die gäane was krieg'n, die kapiern das nie un nimmernich, daß welche ganix ham wolln, weil sie das alles nich leiden mög'n was sie krieg'n un das Luxus is, un für Nix zu gebrauchen, – un davon kommt immerzu der ganze Weihnachtsäager inne Familien", sacht Karlheinz!

Mein Weihnachtsäager, nä?, der geht schon an – ein' Tach vor Nikkolaus: Denn saust Karlheinz rum inne ganze Wohnung as wie ein Orkan un sucht Schuh-Kreme un Lappen, Böaste alles, damit er einma in Jah' seine Stiefels selber putzen tut. Einma in Jahr zu Nikkolaus Schuhputzen!: Kein Wunner, dasser da nich weiß, wo er die Kreme un Böaste finnen tut.

Aber – – er muß das ja, nä?, . . . einma in Jahr Stiefels putzen an'n Nikkolaus, das hat ihm sein' Mudder so geläant! Sons kricht er nix von den alten Herr midde Jute-Fasern unners Kinn! – Den sein Aberglaube is so fes' drinne, kristu nienich wieder raus! –

Ich sach zu unse Carmen: „Carmen", sach ich, – „heirat' du bloß ein'n, der bei 'e Soldaten wa', da lean' sie ihm, dasser das ganze Jahr seine Stiefels un Schuhe selber putzen muß! Un denn kann er auch ma Knopf annähn un auch ma Staub wischen! Heirat du bloß nich so ein'n verweichlichten Heini, der bloß Ersatzdiens' hat!" –

Sacht doch unse Carmen: „Du wäas' dir wunnern, Mama! So ein ‚verweichlichten Heini', der kann nämlich mit alte Leute prima umgehn un midde Kranken un mit lüdde Kinner, mit richtige Menschen!" Jaha! Hat sie gesacht, – unse Carmen! „Mit richtige Menschen un nich bloß midde Stiefels un mit'n Ballermann!"

Weihnachen mit Frieden auffe Erde

Ja also, bei Rohdes nä? da hat das ja auch Krach gegeben an Weihnachen, nä?

Sie, Irmchen, hatte sich wieder sonne Mühe gemach, is rumgerannt alles, nä?, hat sich abgeschleppt, geschrubbt, gebohnert, gebaggen, gebraten, Ga'dinen ab . . ., daß bloß alles schön is! – Un wie sie da ahms alle gesessen ham, die Männer mit ihre neue Weihnachskrawatte um, un Oma die selbsgestrickte Jagge, da is Irmen doch glatt um neun eingeschlafen auf'n Sessel un die, die ham erst angefang mit den alten Spruch: „Der Karpfen muß schwimmen" und so . . .

Was denn so richtig geschwomm' hat war die Küche . . . Sind die mit ihrn dunen Kopp inne Küche und ran an den Braten für'n ersten Weihnachtstag, hatte Irmchen doch schon alles vorbereitet den ganzen Kaßler.

Die also an den schön Weihnachs-Kaßler rumgesäbelt in ihre Gier, un denn die ganze Bratensoße ausse Pfanne inne Röhre aufn Fußboden. Die natürlich auf ausgerutscht, nä? Erich sein Dunkelblauer hin und dem sein Steißbein verstaucht und Gunnar seine neue Jiens, reif zum Waschen! Un denn ham die auch noch Irmchen die Schuld von wegen die fahrlässige fedde Soße un Irmchen soll mal midden Lappen komm! Na, kannten die ihr ja schlecht.

Hat sie gesach, hädden sie selber Schuld und sollten ma zusehn, wie sie selber klar komm! Un denn

Gunnar un wollte sein' Vadder helfen un hat das ganze Waschpulver rauf, un dassas nich so stauben sollte, noch das ganze Löschwasser für den Tannbaum rübergekippt!

Und Erich un Gunnar un Oma, die das Fluchen und Schimpfen (Schweinerei), un Irmchen hat vielleicht geweint! – alles inne Heilige Nacht. Un denn hadde sie das bis o'm, nä? Hat sie midde Türe geknallt und geschrien:

„Das heißt: Frieden auf Erden und fröhliche Weihnachten, merkt euch das ma', basta!"

Auch ma' Essengehen!

Wenn ich ma' mit Karlheinz inne Stadt bin einkaufen, nä?, un ich hab son Doas', nä?, denn sach ich ihn das, daß ich'n Glas Bier will. Denn aber er, nä?: „Jetzt nich, Mausi, auf'n Sonnahmd, denn gehn wir vielleich ma' Glass Bier trinken, nä?" Denn sach ich: „Karlheinz, Sonnahmd hab ich aber kein Doas, jetzt hab' ich welchen!"

Denn er: „Wäast dir ja woll noch zusammreißen könn, nä?, sind ja in annerthalb Stunnen zuhause un da ham' wir ein' gut funkschoniernden Wasserhahn inne Küche." – Jaha! Das is mein Karlheinz; und Sonnahmd/Sonntach, nä?, wenn wir ma inne Haide spaziern fahn oder nach'n Alten Land, un ich mir freun tu, wie son lüddes Gör, daß wir ma' Kaffetrinken gehn, schön'n Stück Toate alles, nä?, denn er: „Bin ich Millioneer oder nich ganz dicht?, hä? Sei nich so verfressen, Mausi! Wäast das ja woll noch aushalten bis nach'n Ahmbrot zu Hause."

Immerzu wieder bin ich in gute Hoffnung, daß sich das ma ännern tut. Aber nu denk' ich: „Du solls dir wunnern, mein lieber Karlheinz, denn geh' ich eh'md inne Woche mit Rohdes Irmchen zusamm' heimlich inne Stadt kondietern!" Die Jugend, nä, die is ja in sowas anners als unsereiner, nä? Unse Carmen mit ihre sechzehn Jahr, die hat gesacht: „Sie geht das mal nich so wie mir mit Pappan! Sie erzieht sich ihre männliche Ausgehpartners rechtzeitig." Neulings hadde der eine von'n Motorrad-Club kein Geld mehr, wie sie mit den bei Nick Ronalds Pommes essen wa', nä? Is sie zu Strafe mit den sein Freund los, un dem hat sie denn gleich gewarnt! „Daß das klah' is, hast' auch genuch Geld für zwei einsteggen?“

Bloß, hadde sie sich verkalkumantuckelt, weil, der hadde sich richtich verknallt in ihr, un so is das gekomm', daß mir den seine Mudder zu Hause antelefoniert hadde, daß unse Carmen ihrn Sohn zu'n Diebstahl verleiten tut, und sie verbietet ihrn Carsten den Umgang mit so eine. (Hadde der nämlich nich mehr genuch Taschengeld für unse Carmen ihre Nick Ronalds Freßturen un denn isser an sein Vadder seine Brieftasche ran.)

Na, koazen und schmäazlichen Krach, un unse Carmen wieder ma ab in ihrn Zimmer; geheult, – un vor lauter Wut die ganze jaulige Nervenmusik, Rockmusik Helen Schneider so laut, daß das Geschäa inne Küchenschränke geklabbert hadde, un unse tote Uroma mit'n Bilderrahm vonne Wand runter! Drei Tage war sie nu schon nich mehr aussen Bau, Carmen, nich' mal mehr nach Nick Ronalds hin! Habich mir überlegt, daß ich wen'stens schriftlich mit unse Carmen verkehrn muß. Hab ich sie einfach Zeddel unne' Türe doachgesteckt un raufgeschrie'm! „Lad' du ihn doch einfach zu'n Essen ein! Unten auffe Flurgardrobe liecht ein Zwanzichmarkschein!“

‚Hadde den Zeddel gerade doachgesteckt, klingelt das doch, un Carmen ihrn Diebstahl-Carsten steht vor 'ä Haustüre. Wie er mir sieht, läuft er rot an im Gesäch' als wie ein gekochten Krebs in Salzwasser.

Denn langt er mir eine Rose hin, nä? (hadde er wohl aus seine Eltern ihrn Garten entnommen, nä?), un sacht, er will sich entschulligen, daß seine Mudder so schlech' über Carmen geredet hat – un es is seine Schuld!

Ach, un nu denk' ich so, ob Karlheinz das auch gemacht hädde, damals? Für mir geklaut un sich auch noch für seine Mudder entschulligt?

Naja, is ja auch egal, nä? Je'nfalls hört unse Carmen nu keine jaulige Pladden mehr, nich ma mehr: „Traumboy, ich bin allahein!"

Und – in Carmen ihr Tagebuch steht (hab ich rain zufällig da ma liegen sehn, nä?):

„Erster Zungenkuß meines Lebens! O schönster, glücklichster Tag."

Na, ich jedenfalls, nä? Nächste Woche fah' ich mit Rohdes Irmchen inne Stadt Kaffee trinken un Toate essen, – heimlich!

Tappeziern

Ich ja gessern nach Irmchen rum, nä? (wohn' ja gleich nem'an). Wollte bloß ma' halbe Tasse Mehl borgen; hat man ja ganich mehr in Hause sowas – heutzutage –, wo man doch weiß, daß da die ganze Dickmachers drinnesteggen, nä? Aber Karlheinz schmeckt das nu' ma' nich ohne richtige Mehlschwitze anne Soße.

Also, ich klingel nu' bei Irmchen! – Kommt sie ganich 'ran an ihrn' Küchenschapp, weil – sie steggen doch midden in ihre Vorbereitung für die große Malerarbeiten inne Wohnstube. Erich is' ja krankgeschrie'm mit sein' großen Zeh, kommt er ja in kein Schuh von rein, wollten sie gleich freie Zeit ausnutzen, nä? Sind sie schon fix am Ausräum', Wohnzimmer leer, alles inne Schlafstube schlebben! – – –

Irmchen in Rage un' Erich an' Brummeln! War er nämlich über sie ihre lange Reihe Stiefeln un' Latschen un' Treter un' Pömpse un' Sanneletten inne Schlafstube lang hingestöaz mit sein kapudden Zeh un' natürlich in sein' Äager ihr beschimpft, wieviel Schuhe sie woll noch für sein schwerverdienten Geld in ihre Habgier erwerben will; könnte sie ja ganze Kompanie von Tausendfüßlers mit einkleiden! Un' Irmchen gleich zurückgeschossen mit ihre spitze Zunge: „Un' du? Erstickst ja bald in deine alte Radrios, Fäanseh, elektrische Geräte, Schnürn, Rechenkompluters, Staubsaugers, kannstu halbe Fabrikhalle mit vollstellen!" Na, sie übertreibt immer büschen, nä? Aber is' ja auch ihrn ganzen

Äager, daß Erich alles sammeln tut für spätere Reparaturzweggen! Na, wie die sich nu' beide inne Wolle vor ihre große Mal- un' Tappezier-Akschion un' ich nu in gute Hoffnung mit meine leere Tasse voll ohne Mehl, da auf einma' ein Gekläa un' Geschrei aus Gunnar sein Zimmer! Sind ja Ferien, nä? Is' doch Irmchen ihre Geschäakiste midde Gläsers, – hadde sie doch bei Gunnar in den sein Zimmer evakuiert, nä?, – runter auf den sein mühseligen Bastelschiff, bloß, weil er ma' anne Miggimaushefte 'ranwollte. Irmchen ja alles stehn un liegen, Gunnar zu Hilfe, nä?, geht die Türe auf un' Oma aus ihre Stube: „Irmchen, kommstu' Haare waschen?"

Hat sie natürlich in ihrn Stretsch die alte Dame ein unhöfliche Antwort un' Oma Trän' inne Augen un' ganzen Vorwurf in ihre Stimme: „Ich bin ja wohl bloß noch zu'n Stäaben hier?" Alle nu' gewartet, was Irmchen nu' wohl macht! – Sie im Bad 'rein, Türe zu (wollte sie wohl Beruhigungstabledde nehm'), Rotenkreuzschrank midde Medikamente aufgemach', is' natürlich davon Erichen seine Leiter für'n Deggeweißen umgestöaz' – auffe ganze Eimers midde weiße Farbe auf. Erst die ganze Farbeimers umgefallen, – denn Irmchen!

Also ich, nä, hädde ja Irmchen auch krankgeschriem', nä?

Bloß, ischa so: Wer macht nu' ma' die ganze weiße Farbe wech – un' die kapudde Gläsers in'n Ascheimer, un' Oman ihre Haare? Un' überhaupt, nä? Für unsereiner is' nich' ma' Tasse Mehl über. Ach, was sach ich: Tasse – halbe Tasse. Nich' ma' halbe Tasse Mehl.

Karlheinz seine Spa'maßnahm

Karlheinz, nä? – was mein Mann is, – hab ich ja schon öfters paar nedde Wörter über ihm verlo'rn, nä? Er is ja ein glücklichen Menschen, wenn er in alles recht hat un wir annere Meinung immer schön für uns behalten. Unse lüdde Tochter Carmen mit ihre sechzehn Jahre, – die kricht das immer nich so ganz hin, daß sie ihrn Vadder glücklich machen tut midde selbe Meinung! Bloß ich, nä? – hab das ja nu schon geläant mid'n Runnerschluggen, zwanzich Jahr Ehe, nä?

Momentan spielt er ja Bunneskanzler – Karlheinz! Es is schmä'zlich, aber wir müssen spaan: Enegie, Geld, Wasser, Spülmiddel, nix Neues mehr anschaffn! Jaha –! Aba –, was er, Karlheinz ma als erstes nich gespaat sonnern angeschafft hadde, das is ein elektronischen Taschenrechner, damit er alles besser nachrechnen tut, was wir sparn solln; un – noch fünfzich Aufklebers erwor'm mit „Ich bin Energiesparer." Überall angebackt, übern Herd inne Küche, Kühlschrank, Heizung, anne ganze Fenssers, Türn, Spülstein, – – sogar an'n Wasserkassen vonne Toledd'nspülung, damit wir das lean' solln, daß wir nu richtige gute Bunnesböager wer'n wolln!

Wenn Karlheinz midden Auto unnerwegens, nä?, un wir anne Kreuzung midde Ampel auf rot, nä?, denn er fix Zündschlüssel rum un Motor abgestellt, zwei Minuten Sprit spaan. Un – freut er sich wie Oskar auffe nächse Ampel, kanner schon wieder zwei Minuten Sprit spaan! Das's ja nu das Gute anne Enegiekrise, nä? Karlheinz macht das nu nix mehr aus, wenn wir in ein Auto-Stau rein, nä? Flucht er nich mehr rum, nee nee, un haut er auch nich mehr midde Handkante auffe Lenksäule von unser armes Auto! Kannst ihn so richtich an sein Gesich' ablesn, wie er sich ausrechnet, was ihn sein abgestellten Motor alles für große Reichtümers einbring' tut! Jaha! – Will man ja auch gäane bei helf'n, nä? Also ich ihn gefracht, ob man nich fix was spaan könnte midden früher im Bett ahms un nich so lange fäankuggn: Kein Strom, kein Bier un Zigareddn (wo sie jetz' die ganze Extrasteuern aufbrumm tun), denn alle Bonschen, Schocklare un Nüsse, die wir immer vonne ganze schreckliche Fäansehaufregung reinstoppn, – ma ganz zu schweign ma vonne Heizung, die ein ja in Winner schoma abstelln kann, nä? – Aber – wa' Karlheinz von meine Vorschläge leider nich von angetan. Hadder auch noch kein von seine Aufklebers an „Ich bin Energiesparer".

Also, wenn ich ma ganz ehrlich, nä? Wollte ja eing'lich was ganz anners dabei spaan midden früher nachn Bett: Ärger un Nervn, abgebissene Fingernägels un zerknüllte löcherige Taschentüchers – alles wegen Karlheinz seine gräsige Fäanbedienung von unsen Farbfäansehkassen! Das is nämlich Karlheinz seine Befehlszentrale. Läßt er kein von uns ran anne Fäanbedienung, hadder das Unglück vonne ganze Familie fest inne Hand, un denn schaltet er un waltet alswie der liebe Herrgott: Kuckt ma nach, ob sie auch in Ersten schön brav was senden un ob auch das annere noch gut läuft un ob sie in Ostfäan auch fleißich wieder drei Zentners Getreide geäantet ham.

Ersmal – nache Tagesschau, nä? – beschenkt er zum Beispiel seine Familie mit son'n Totmacherfilm aus Amerika. Hat ein sich grade an gewöhnt, wie sie so ein' nachn annern „auslöschn" un' bis' gespannt wem sie noch alles umnietn, denn er seine Zensurtaste gedrückt, un schon kann ein' anne schönste Beerdigung von ein verstorm'nen Kannibalnhäuplink teilnehm'.

Also, spätestens wenn Karlheinz halbdutzendma' ausprobiert hat, ob sie vielleicht auffn annern Kanal noch was Schlimmeres zu senden ham, denn unse Carmen Türe geknallt un ab nach o'm, nach ihre Abba-Pladdn; ich schnell mit ziddrige Fingers meine Herztropfn her, den zerknülltn Bonschenpapier im Ascheimer un fix midde Stricknadels geklabbert, is meine einzige Waffe! Klick, Klickklick! Klickklickklickklick! Denn merkt er: Jetz' is Schluß! Jetz' is Schluß!!

Die Kuer

Is ja nochma glimflich abgegang' – Ehedrama drü'm bei Rohdes, nä? Bin ja richtich erleichtert.

Halbes Jah' hadde sich Irmchen je'en Tach Aung bei mir ausgeweint. Naja, muß man ja wegn den Beistand sein Nachbarn auch ma fix inne Seite tretn, nä?

Ja, in Mä'z wa' das, wo Erich zu Kuer. Ach, konnte ja schon ganich mehr krauchn, Erich. Alle Knochens kaputt, Häaz, alles. Andauernd bloß noch Wochenende in Bett rumgetrie'm, nach Luft geschnappt wie so ein alten Herr von siebzich, wo er doch ers neununvearzich is! Aber nache Kuer, nä? Sechs Wochen später, häddest ihm ma sehn solln! Ha! Gesprung' isser wie son erlösten Froschkönig. Hadde ja gleich so ein komisches Gefühl, daß ihn wohl ein ‚Kuer-Prinzessin' wieder aufe Sprünge geholfen hadde.

Aber Irmchen, nä? War sie so beschäfticht mit ihre Freude, dass'ie ihrn Erich so fein gesund zurückhadde, hat sie das midde Kuerprinzessin ers vearzehn Tage später gemerk'.

Wollte sie Erichen sein Bademantel waschn, nä? Find sie doch ein Zeddel inne Bademanteltasche. Erichen seine Schrift. Sie das gelesn, un denn das ganze Unglück von eine betrogene Ehegaddin über ihr hereingebrochn. Hadde Erich so ein beknackten Liebesgedich' gemach. Warte ma, wie ging das denn noch? Ach ja:

Die Frühlingslüfte umsäuseln deine liebliche Engelsfigur. Wo war ich denn früher gefangen nur?, un noch mehr von son lachhaftigen Schwachsinn. Nu ja Irmchen in Erichen seine Anzuchtasche fix weiter nachgesuch. Nix zu fin'n! Endlich, wie sie bei seine Münzensammlung zugange wa', da: Lauter rosane Perföngbriefe von eine Dame aus Braunschweich, midde Anrede: ‚Geliebter' un ‚Mein Zauberprinz'.

Wie Irmchen das midden Zauberprinz erzählt hadde, ich mir ma Erichen als Zauberprinz vorgestellt in seine verbeulte Träninkshose, un seine künslichen Zähne raus inn Zahnputzglas, halbe Glatze! Jaha, hadde icha beinah Irmchen gekränk' mit mein lautes Lachn. Wo sie das doch so zun Heuln wa, nä?

Aber muß man sie ja lassn, die aus Braunschweich midde rosane Perföngbriefe, hat sie das ja geschafft, daß Erich wieder so fein zuwege wa. Bloß nich fein zuwege für Irmchen. Sie hadde ja so geliddden, daß sie ihn nich mehr gut genuch wa'. Ahms, nä? hadde er immer annere Ausredn. Ein richtigen Liebesdienstverweigerer! Un annerntachs hadde sie denn immer biddere Trän auf mein Küchentisch vergossen.

Ach, un ich hadde sone Wut im Bauch! Karlheinz, was mein Mann is, nä? Hadder bloß gesach: „Was isser so blöd un läßt sich erwischen! Ein Mann inne Vearzigern läßt sich doch nich gleich scheiden wegen sone lüttje Hormonbehandlung."

Hormonbehandlung! Hormonbehandlung! Kommich ganich über wech! Das kränkt ein ja as Frau! As ob das' Medizin is, wo Erich von gesund gewor'n is. Ein Teil is ja man bloß gut: Daß das midde Kuer nich mehr alle zwei Jah', bloß noch alle drei erlaub' is, wegenere Spaßmaßnahm. Ach, jetz hab ich auch Spaßmaßnahm gesacht wie der Ansager in Radio statt's Sparmaßnahm der Bunnesregierung.

Na, egal! Jenfalls wolln Irmchen un ich jetz' ein' Bürgerinnezatiefe grünn' un ma ein Brief aufsetzn an Gesundheitsminister, daß sie wegen Sparmaßnahm die auswäatigen Hormonkuern ganz aus ihre Genehmigung streichn solln. Kann ja alles der Hausaaz' mitmachen: Hormonspritzn un Tabledden. Denn schlächt das auch zu Hause an! 'Menge Unnerschriftn dafür kriegn wir bestimmt zusamm, weddn?

Fäankuggen

Das wa an den Tach, wo sie „Dalli-Dalli" in Fäanseh gesennet ham. Muß woll grade annie lustige Stelle gewesen sein, wo der lüdde Rosenthal mit sein' Freudenschrei „Spitze!" midden inne Luft häng'gbliem' is as son Schwebfliege, da plötzlich ein Läam bei unse Nachbarn, bei Rohdes Irmchen un Erich drü'm. Muß wohl Erich mit sein Fäansehterror zugange gewesen sein: Fäanbedienung in Männerhand! Muß er wohl grade annie schöne Stelle rüber nachn Fußball geschaltet ham. War nämlich bei uns auch so! Ich hör bloß Irmchen ihre Stimme, nä? Hat sie gekwiekt as son lüddes Fäakel, den sie sein schön' Fudder ausn Troch beschlachna'm, un denn Erichen seine tiefe Stimme dazwischn, un Geschäa muß ja woll auch zu Bruch, nä? Ham wir – Karlheinz un ich – gleich extra Fäanseh aus un lieber Fensser auf, daß wir besser zuhörn konntn. War ja auch viel intressanter ma ein echten Krach ausn richtigen Lebn as wie immerzu bloß ausn Kasten. Ich sach zu Karlheinz: „Selber ma' rumbrülln is bestimmt auch viel gesünner, könn' wir doch auch ma'." Die alleinsteh'nde Leute – hab ich in Fäanseh gesehen – die gehn extra nachn – na, wie heißt das noch ma' – En . . ., En . . ., Enkontra . . ., na, jenfalls in sonne ‚Selbserfahrunksgrubbe', dassie sich ma' orndlich anschnauzen döafen un hinnerher wieder vertraang.

Un – außerher, nä? – siehst ja, gibt gakeine richtige gude Schauspielers mehr in Fäanseh. Ers wenn einer stäabt, denn sennen sie vor lauter Freude was von ihn. Denn isser was wert. Letz'e Woche ham sie da bein Bayrischen Fäanseh in ihre große Notlage, weil daß sie näagens weit un breit kein Schauspieler auftreibn konntn, ham sie so ein' arm' arbeitslosen Fußballer vore Kamera richtich gezwung'. Hat man ihn richtich angemäak, daß ihn das alles forchbar peinlich war. Un ham sie nich ma' so ein' alten Knaddermim' mehr gefunn, ausse dridde Garnitur hinnerse Prowins, der ihm ma' die Stichwörders sagen wollte. Hast doch gesehn, nä? Mußten sie sich dafür ein echten Pappagei ausn Zoo ausborgen. Ein echten Pappagei asn Schauspieler in Fäanseh!

Karlheinz sacht: „Warum nich? Kannstu jetz' dafür auch bald letzte Schauspielers in Zologischen Ga'ten besichtigen komm!"

Freizeit genuch!

Je älter daß mein Karlheinz is, nä?, je weniger Bock hat er auf'n Vereinsleb'n. Aber ich, ich freu mir doch schon jedesma', wenn'as wieder losgeht un ich komm' ma' wieder unnere Leute un kann ma' tanzen un mir ma' richtich ammesiern.

Muß ich jetz' immer beddeln: ,,Ach, Karlheinz, laß uns doch rübergehn im Vereinslokal!" Aber er, nä?, liecht längelangs auf sein' Sofa, keinen Intresse, bloß Wochenenne Pantoffeln un Fäanseh an.

Da is Rohdes Erich ganz anners. Kann Irmchen sich ganich beklagen. Bloß, – letzma beie ,,Pollenese Blankenese", da wa Erich nu wieder so aktiv mit'n Anfassen beie Damen aus'n Verein, war sie das auch wieder nich rech, nä?

Karlheinz sacht immer, wenn ich ihn wieder piesaggen tu mit'n Anziehn un Rübergehn, das hängt ihn reinwech zun Hals raus: ,,Kerle alle voll bis o'mhin un Weiber kreischen vor Vergnügen, un wennich aus Vergnügen denn aus Wut! Kneift ihnen einer in'n Hinnersten, sagn sie, is ein Kessernowa un kneift er nich, denn isser im-imper-impertinent!"

Ich sach: ,,Karlheinz, mir kneifen sie ja auch nu nich mehr. Letztma' hadde ich ja Erichen auffe Fingers geklopp' un in Hermann seine Pfoten habich soga reingebissen! Jaha!

Ich mach das ja auch lieber auffe vornehme Aat, nä?, so, wie mir Maaks Heini verehrn tut, ehrlich! Mit'n Handkuß un aus'n Mannel helfen! Macht ganix, dasser schon fümmunsechzich is!"

Wie ich das mit Maaks Heinin gesach hadde, nä?, er, mein Karlheinz gleich ersma' Fäanseh lauter un mir angegiftet: „Meaks' nich', du stöast!"

Püh! – Was bleibt ein' da anners über' als wieder midde Stricknadels klabbern. Dabei habich doch schon alles fäadichgestrick' für Weihnachen, nä? Für Karlheinz zwei Polowers, wo er die sowieso nich anziehn tut, weiler da so schwitzt drinne, un für unse Carmen langen bunten Mannel ausse Tienätscherzeitung, der is so lang geworden, – bloß von'n Hängen, – dasser nu schon Rudi Carrell passen tut!

Na, denn auch für unse Nachba'n was Schönes, wo die uns doch auch immer was aus ihrn Gaaten schenken.

Jaha!, hab ich zwei Mützchen gehäkelt zun Anziehn für die ihre Toledden-Rolle hinten auf'n Autofensser as Schmuck, nä? – Sie fahn ja nie ohne! – Eine soga inne HSV-Faaben, damit sie was Schönes ha'm, nä?

Un denn, – auch schon fäadich –, 'n Wandbespannung in Grün für daß ich die Wänne von unse Carmen ihrn Meerschweinchen sein' Käfich bespann' tu, dassas schön weich is, nä?

Sitz' ich so da mit mein' Sack Wollreste un denk mir was Neues aus, bimmelt unsen Telefon un mein Schwester Herta is dranne. Sacht sie, oppich nich Montach mitkomm nach ihrn Nähkoasus Volkshochschule. Is eine ausn Koasus ausgefalln un könn' sie mir zwischenschie'm.

Endlich! Näh' ich mir was füre Maskerade als Diskokwien. Was in Lang mussas sein un knallerot un geschlätz' bis o'm hin. Wäad Karlheinz sich wunnern, wie ich denn ausseh beie Maskerade. Nich so wie letzma'! Wa ja ein Reinfall, nä? Hadden wir Dam' aus'n Verein uns Entenkoschtüme ausgedach für'n Ententanz! Die Männer ihre lange Unnerhosen angeplünnt, hinten Sofakissens reingestopp', Federn angenäht, oantlich midde Flügels geschlagen un midden Steert gewaggelt, fäadich! Manoman, Irmchen Rohde hadde da vier Wochen unner zu leiden. Wollte Erich nix von Irmchen wissen, hadder ihr immer Donald Duck gerufen un gesacht, fedde Enten hädde er lieber inne Backröhre un nich inne Schlafstube. –

Muddertach

„Muddertach, nä? Was hab ich davon als Mudder?!" hat gessern mein Schwester Herta am Telefon gesach! – „Komm' sie bloß alle angeklödert." Hertan ihre Kinner, Schwiegerkinner, Enkels, nä?, is sie bloß ann' Bedien'! Mit das Geschäa reinklabbern, – mit das Geschäa rausklabbern. Middach – Kaffe – Ahmbrot. Alle sitzen sie da un waggeln midde Zähne, – bloß Herta is ewig auffe Wannerschaft un sie läuft der Schweiß man immer bloß so errunner! Ahms, nä? Erika un Antje, ihre beide erwachsene Töchter, denn sich auch ma bequemt nach ihre Mudder raus inne Küche: „Ach, Muttilein, nu bistu ja schon wieder mit alles fäadich un wir wollten dir doch ann' Muddertach abtrocknen helfen!" Un Opa, nä? Der lecht sie denn Muddertach ganz gnädich fünf Maak hin un sacht: „Nu kauf dir man mal was Schönes, mein Deern!" Hat sie denn zun Vorzeigen paar Strumpfhosen genomm' un Tafel Schocklare un aber Freude im Gesäch' gespielt als wie wenn Opa sie ein „Nääaz" spendiert hädde. –

Mein Muddertachsfreude is auch jedes Jahr dasselbe, nä? Wennich morgens in mein lüdden Vordergaaten rauskomm un will mir selber wen'sten ein Tulpenstrauß schneiden, nä?, denn alle Tulpen über Nacht geklaut un annere Frühlingsblum' kaputtgetrampelt. Jedes Jahr Muddertach dasselbe, weiß ich schon, aber immer wieder heult man digge Schnapsträn', daß die ein' sowas antun! Dabei, – ich kann das ganich verstehn, ich as' Mudder würde doch mäaken, wenn meine Kinner mir geklaute Blum' schenken. Aber, freun die sich wahrscheinlich in Echt über, daß ihre lüdden Görn schon so schön klaun könn'! Na, laß man, ich as Mudder kann mir über unse' Carmen wen'stens ganich beklagen! Sie macht ja je'n Muddertach Frühstückskaffe, nä? Jaha! Denn brummt sogar Karlheinz nich, dasse Eiers hart sind un der Tohst schwaaz, nä? Dafür kriech ich aber auch von ein Tien wie sie is mit ihre sechzehn auch kein Muddertachsgedäch' mehr:

,,Mütterlein, lieb Mütterlein, wie mußt du doch immerfort fleißig sein!", hat sie immer damals so fein aufgesach', sind mir immer man die Trän' so runnergelaufen, vor lauter Freude. Wennich mir heute darüber beklagen tu, dassas nu alles nich mehr is, denn sacht Karlheinz:

,,Manoman, Mausi, mach doch kein'n Scheiß hier, bei uns is doch jen' Tach Muddertach, oder?"

Inhalt

Opan sein Geboatstach 5
Äkschen bein Stadtteilfest 7
Einkaufen auf'n Supermarkt 10
Der große Unnerschied zwischen uns beide! 12
Camping 14
Gaatenfreunde 17
Feiern inne Fäama! (sacht Karlheinz . . .) . 19
Sich selber was inne Tasche schwinneln . . 21
Spieleverderbers 23
Annere, die machen das doch auch! . . . 27
Was kannst' ehrer ab: Schadenfreude oder Mitleid? 30
Für Textil-Unnernehmers Reklame laufen? . 32
Bei'n Aung-Aaz! 35
Erste Inwestitschon 38
Alternative Hochzeit 41
Mausi über Selbserfahrung 46
Letztes Trotzalter 49
Stiefels putzen 52
Weihnachen mit Frieden auffe Erde . . . 54
Auch ma' Essengehen! 56
Tappeziern 59
Karlheinz seine Spa'maßnahm 61
Die Kuer 64
Fäankuggen 67
Freizeit genuch! 69
Muddertach 72